ポーランディア

POLANDIA albo marzenie o Polskie

最後の夏に

dla ostatniego lata

工藤 正廣

Masahiro Kudo

未知谷

Publisher Michitani

目次

主要登場人物

ゾフィア（ゾシャ）　ワルシャワ大日本語科の学生
ドロータ（ドラ）　同前、ゾシャの親友
イバ・ゼッフ　〈海の瞳〉で出会った女性
シヴェルスカ教授　グダニスク教育大教授
ルイザ・ラウェンスカ　シヴェルスカ教授の助手
オリガ・イヴィンスカヤ　ロシアの詩人パステルナークの愛の右腕
イレーナ　オリガの姪　画家
ポヴェリン・リラック博士　パステルナークのポーランド語訳者
マサリク（正陸）　本編の語り手

ポーランディア　最後の夏に

一九八一年暮以来の戒厳令が解除された一年後

一九八四年秋〜八五年秋　ポーランド・ワルシャワ

そして、ソ連・モスクワ

さらに二〇年後　北海道・小樽

プロローグ　悪い夢

1

　真夜中に特別回線の電話が鳴った。空耳で受話器の奥でかすかにどこかでショパンのマズルカが響いている気がしたが、とにかく受話器をとると太く錆びついたとでもいうような毛むくじゃらの太い声で、ヴォロージャかね、直ぐに来てくれたまえ、そう言って電話が切れた。彼は大急ぎで身支度して廊下に飛び出した。廊下の左手の壁には果てしない長さで、歴代ボリシェヴィキの錚々たる面々の肖像画がずらりと並び、そのはるか遠くで月明かりがひとすじ、赤絨毯の廊下は足音を吸い込み、モスクワ川の流れの音がゆるやかに蛇行する波音を立てているように思われた。彼は肩を左右にゆらしながら急いだ。壁では次々に肖像画が無言のまま見つめ、とうとうきみもか、というように眼が言っていたのだった。これほどの古参のボリシェヴィキ指導部は誰一人無事に命を全うした者はない。一人残らずゆくゆく粛清された。冤罪《ぬれぎぬ》であろうが何であろうが、みなだれもがすすんで人類初の巨大実験国家に対する反逆罪を認め、悔悟《かいご》し、従容《しょうよう》として銃殺に臨んだ。ヴォロージャは両肩をゆさぶるように相変わらずひょこひょこと足早に歩き、いま自分が何歳になったのかふと思い出した。もう七十歳になるか。おどろいたな。おれだけだな、こうしていまも生き延びているのは。予言通りではないか。サンクトペテルブルグで出会ったあのマリアとかいう占い師の女の言ったとおりだ。粛清された錚々たる面々はそれなりに名誉回復されて肖像画になってまだまだ遠くへと続いている。

それにしてもどこの部屋だったのかヴォロージャは聞いていないのに、それがどこかは分かっていた。広大な迷路を迷わず、知り尽くしているとでもいうように、地下五階の、モスクワ川の川底に位置するとでもいうべき地下シェルターの鋼鉄製の洞窟にむかって、すでに時計を見ながら走り出していた。一秒と遅れてはなるまい。ロシア人にしては小兵の彼の身のこなしは敏捷だったが、さすがに鍛えてはいてもやや肥満している。走り出しながら彼は餓鬼のように痩せた子供時代の自分をさっと思い出していた。レニングラードのネヴァ川の河岸の貧民街の路地を走っていた。貧しくていつも空腹だった。党員の父は戦争で死去していたから、母子家庭だった。母よ。そう彼はこの齢になってこの迷路を走りぬけながら思い出した。それも一瞬のことだった。いま自分はたぐいまれなる思想家にして救世主なのだ。過ぎ去ったことはどうでもいい。おれはいまや革命ロシア・ボリシェヴィズムの最後の頂点なのだ。ロシアの栄光はおれの双肩にかかっている。同時に彼は一抹の恐怖におののいてもいた。一体、この夜更けに、長老の呼び出しとはなんであろうか。受け答えでは一語たりともまちがえてはなるまい。

ようやく鋼鉄の洞窟の前に立った。深呼吸で息をととのえた。それからノックした。どこからか低い声で、入れ、という声がとどいた。その声の分節は、恐ろしかった。明らかにカフカースの輪郭の濃い訛りがあった。中に入ると、洞窟そのもののような執務室は寝場所もかねていて、大きなテーブルは書物の山だった。執務机は書類や文書の紙が混沌たるものだった。灯りは、電気ではなく、太い蠟燭が燭台で燃えてかすかに炎が揺れている。その炎の向こうで、その闇に長老の相貌がぼんやり見え、それはまるで黄色い、甲羅が潰れた蟹とでもいうように手のはさみに短いパイプを持っていた。瘡蓋《かさぶた》だらけの蠟涙の蠟燭の灯りのもとで、長老はひとしお黄色く見えた。濃い口ひげは真っ黒に見え、口から泡をぷつぷつ吹きだしているようだった。その口腔から、おお、ヴォロージャか、かけたまえ、そうしわがれた声が響いた。やさしげに響くが、死臭がするような吐息がもれたように思われた。いや、もうとっくにミイラにされているのだから、死者なのだが、死者ではない。ヴォロージャは腰掛けた。黄色い蟹はいまにもドラゴンの火を吐くように思われたが、そうではなかった。アハー、どうにも眠れないのでな、夜明けまで、話し相手にでもなってもらおうかな。おお、恐れることもなからんさ、ほれ、そこにおいてある粛清リストだが、見てごらん、きみの名もたしかあったかに覚えているがね。いや、それはどうとでもなる。きみの存念次第でな。わたしが線を引けば、それで終わりだ。わしは死んではおらん。

わたしはあれからもう七十年にはなったかな、まだ亡霊として生き延びているなどとは思わないことだ、そう長老は低い声で言っていた。ヴォロージャがおそるおそる見つめると、長老の顔は蠟燭の炎のせいか、顔の輪郭が、特に鼻梁が崩れかけているようにゆらぐ。いいかね、わたしは歴史の中にとどまっているらしいが、もうどこへも居場所がなかろう。城塞の下で、モスクワ川の底の底のこのような洞窟でわが後の歴史を聞いてきたが、実に無惨であったものだ。それは当然のことであろう。殺し過ぎたよ。そうさな、ほれ、ポーランドの詩人のツィプリン・ノルヴィッドだったかな、なに、きみは知らんのか、それは不勉強の誹《そしり》をまぬがれないぞ、まあ、それはそれとして、そいつが言うには、過去とか死とか、まあ病苦もだが、それを創造したのは神ではない、そう言うておる。神はそのようなものは創造しなかったというのだ。そうなれば、過去も死も病苦の苦悩も、だれが創造したのかな。さすればわれわれが創造してきたのは、過去、死、病苦、それに尽きるとも言えようかのう。

さて、わたしは洞窟のドラゴンのように火を吐いて、もちろん師匠のお手本通りではあるが、とにかく殺戮を原理とした。もう何千万人を殺したか、眼もくらまんばかりだが、いいかね、これは現実によらず、ただただ上がってくる数字による判断だけであるから、まことに簡単な処置であった。わがロシアの大地はむろん他国の大地においても、われらが同志たち、知識人その他その他ふくめて、六千万はくだるまいな、それほど殺して来て、大地を赤い血と骨で肥沃にしてきた。遺骨と亡霊の大地だ。まして過ぎし日の大祖国防衛戦争では、そんなものじゃない。中世の動乱時代などおとぎ話みたいなものだ。いいかね、わがナロードは、わたしは知っているが、なにもわたしに心酔したからではない。ボリシェヴィズム専制の国土にあってただ無意味に殺されるよりは、戦場で死ぬ方がどれだけ幸いか自ずと知っていたからだ。わたしにとってかれらは単なる数字に過ぎなかったが、かれらは生きて戦場にあって自分も死に敵をも殺しながら死ぬのを栄誉としたのだよ。愛国主義の美名のもとにだがね。同時に民族主義の美名のもとに。わたしはこの何千万の死者にたいして何一つゆるしを乞うことがないままにこの七十年をミイラになって生き延びて来たに過ぎない。地獄にも、もちろんのこと友愛の天国など滅相もないことだ、わたしはこの宇宙空間で行き場所がないままにこの世に彷徨《さまよ》い出ているに過ぎない。

ところで、ヴォロージャよ、ついにきみは戦争を始めたそうではないか。そう、かつてわたしがその人口の半分以上をも餓死させたと口さがない歴史家どもに言われるあの広大無辺な大地のウクライナでな。もう聞いておる。何一つこのわたしの耳に入れていないということは、何か秘密があるのかね。あそこだけは手をつけるなと耳にしておらなかったのか。あのときわたしが完膚なきまでに絶滅作戦を敢行した大地に、今ごろになって一体どういう魂胆なのかね。そうとも、いいかね、ヴォロージャよ、きみは何歳になったのか。なに、もう七十の声を聞いたというのか。これは驚いた。わたしがこのように死んだ年齢と符合するではないか。なんという浅慮だ。いや、弁明など必要ない。われわれロシア革命の世代とて、帝政を覆し、ロシア革命を遂行し、戦争、内戦、その他その他をくぐりぬけて、まがりなりにも社会主義国家の実験場をつくり、しかもなお世界革命を夢見て挫折したが、漏れ聞くようなこのたびのような戦争は、われわれの始まりと終わりを、さらに葬るというべき勇み足ではないか。

いいかね、ヴォロージャ、このウクライナなる肥沃の辺境は、すでに一一八七年のわれらがキーエフ・ルーシの《イーゴリ軍譚》において、克明に戦争の始まりと終わりの構図の原型が知らされているのではないか。

いいかい、きみは即刻、ロシア全軍をウクライナの大地から撤収させてのち、世界の良心にむかって、この大地に、ロシアとそのウクライナの大地に跪《ひざまず》き、そしてロシア風に接吻をして、悔い改めなくてはなるまい。

勝利と敗北を区別すべきではない。勝敗ではないのだ。それが真心というべきものだ。戦場となった大地の個々人の顔さえ見えないようではとてもこの世に、われわれが粗忽にも夢見た楽土を創造できようはずはない。いいかね、きみはきみの先妣《はは》の苦しみを覚えておらぬのか。生贄《いけにえ》の人々の個々の顔とその心を想像できないで、何の戦争であろうか。きみは、もういい齢ではないか、あと十年生きられるでなし、その年でこの現世に花をさかせようとて、笑止の沙汰だよ。

即刻世界中に懺悔《ざんげ》してのち、わが大地の邊土《へんど》のいずれかの由緒ある修道院へ入って、余生を送りたまえ。そうさなあ、シベリアの奥地では、まあ都会っ子のきみには過酷過ぎようかな、なに、われわれ世代にとってはあんがい楽だったがね、のんびりしたもんだよ、それがロシアだった。しかし今はちがうだろうさ。そうだ、ウラルがよかろう。ウラルの修道院だよ。いいぞ。きみのあとはだれでもよい、新しい世代の新しい良心にゆだねていいのだ。ロシア精神とは何かをそのことで潔く示せ。いいかね、過去と死を創造したのは、神ではないということがはっきりしているならば、われわれが、過去と死について責任をとらねばならんだろう。修道院へ行け。

ヴォロージャは長老がパイプに火をつけて一息吸い込み、せき込む顔を蠟燭の炎のうしろに見つめた。長老のカフカース訛りの発音は時としてなぜか音楽のように聞こえていた。ヴォロージャはこの蠟燭が人の一生のように見え出していた。このわたしにウラル山脈の邊土の修道院に入って余生を祈って過ごせと、われらが歴史の長老は、やわな時代錯誤を言っている。ヨシフ・ヴィサリオノヴィチ、いまやまったく時代がちがいすぎるのです、とヴォロージャは思いつつも、金縛りにあったように身動きができなかった。おれは何を愛し何を滅ぼそうとしているのか。

またしてもヨハネの黙示録の光景が眼前に現れた。ヴォロージャは蒼ざめた馬に追いかけられ広大な枯れた麦畑の中を逃げ回っていた。たしかに春ではあったが泥濘に巨大な蝗の顔を持つ死神が幾万とも知れず行く手を塞いでいた。長老の声が響いた。時には潮時がある。この世の時に、この世の時でない時がふれるその一瞬をのがすなかれ。

2

マサリクは醜夢《しゅうむ》からさめた。山肌はもう雪解けが進み、水があふれだし、柳の木々は羽化したばかりの萌黄のヴェールにつつまれているのだった。ロシアの国家権力の死神のおとぎ話ではないか。ウクライナの春先の広大な麦畑には、蒼ざめた馬が蹴散らして立ち去った残骸が累々たる屍になって、黒土の穴の中に投げ込まれている。一粒の麦死なずば、などと言ってはおられまい。夢の中で、蒼ざめた馬に騎乗した正体の顔は覆い隠されていた。

いつ人の中に悪霊が入り込み、感染させ、歴史を演じて行くのか。

戦争犯罪などというひとくくりの定義で何一つ解決ができるわけではあるまいに。マサリクの見た夢の一場面は、いわばまだおとぎ話、ロシア民話の一場面のようにさえ思い出された。どのような権力も、どのようなことばを吐こうが、死の遺伝子の乗り物にすぎなかったではないか。歴史はあまりにも厖大な死をへてきたために、何百万殺したところでこの世は安泰だなどというようなニヒリズムの蔓延する世界にちがいない。マサリクは春の夜明けの光が欲しかった。棺のような毛布のよじれた汚れたソファベッドで身を起こし、冬用のカーテンをそっとおしひろげた。

朝日がかがやきだした瞬間だった。いいかね、小さいマサリクよ、無力な子供よ、人の生というのは、ただ日々のさりげないしぐさのように、日々の具体的な、やるせない苦しみと喜びの回復の物語でなくてはならないし、実際に、生きている喜びとはそういうことなんだよ。破壊されずに、数百年もの昔ながらの石や木造の家につつましく暮らしながら、未来を知らない子らの笑顔の花々と一緒に苦労を忘れて、ただ喜びをさがして感じ取ること。要するに互いに愛することだけを学ぶのだ。

われわれは、このような現代では、映像の世紀を生きているのだから、まるですべてが、いいかい、この現実のすさまじい戦争でさえ、まるで映画作品のフィルムのように制作され、世界中が見ているのだ。では、このドキュメント映画のシナリオ作家がだれなのか、だれがプロデューサーなのか。いいかい、俳優たちは権力者たち、死すべき民間人、市民たちは本当のエキストラなのだとしたら。そして無惨に殺傷され、庭であれ公園であれ、どこの土にでも埋葬される。望みもしない歴史を演じさせられるのだとしたら。

人の暮らしは、いいかい、たとえば、黒海を、そうとも、わたしにはとても大事な名だけれど、黒海を、眼の前にして、小さなアゴラの老いたベンチに腰掛け、過ぎし日の苦しみ悲しみ喜びの数々を、思い出し、語り合い、ふたたび記憶し、それらの時間を創り出すことなのだよ。桑の木々には小鳥たちが無数にあつまり、一緒になって思い出そうとしているし、太陽は輝き、まぐさを背に乗せて坂道を登ってくる驢馬のような小さな痩せ馬、それが人生なのだ。黒海の風がわたってくる。ここがどこの人種の、どの民族の国かだなんてどうでもいいことだ。生きていることの連帯感だけが頼りなのだ。野生の動物の縄張りとは違うのだ。

マサリクは早朝の珈琲を淹れに立ち上がった。その動作の間に、時が生まれるのだった。名付けようのない新しい時間とでも言うように、時が生まれ、いや、時が帰って来て、つまり、〈想起〉によって新しい時間が生まれるのだった。珈琲の苦い甘さ、くゆらす紙巻きたばこ、朝の光、朝の悲しみ、残り雪にちらばった古米の一粒一粒をせわしなくついばんで飛び去る子雀たち。

1章　到着

1

久々に、マサリクは突然何かに追い立てられたようになって、あえて手書きで手紙を書いた。

親愛なゾフィア

きっと元気で生きていると思います。もう二十年、いやもっとでしょうか、何一つ通信もしないままに、今に至ってしまいました。許してください。今日は思い立ってこの手紙を書きますが、これがきみのアドレスに無事につくかどうか。それでもいいのです。たぶん、まだボストン大学でしょうね。

さて、うすうす予感がしていたとはいえ、このようなロシア・ウクライナ戦争の勃発が現実化するとは油断していました。認識が、というより、いつのまにかロシアの大地が抱えるソヴィエト革命の狂気について、もうそれはだめなのだということについて、認識が甘すぎたということでしょう。この戦争が勃発するまえにぼくはようやく、きみたちのポーランドの佳き思い出の数々を珠玉の宝石であったと想い起こし、それを書き残しておこうと思っていた矢先でした。いや、実は、もっともっと早くに、極端に言えば、一九八五年の晩秋に帰国した直後からそう思っていたのです。それがいつしか自分の生活に追われて、次第に記憶の奥にしまわれたまま、しかしぼくは、一つ一つの思い出がほんとうに大事な奇跡であるならば、どれだけ時間が経とうとも、歳月に年々に腐蝕されることなく生き延びていてくれるものと信じていました。そして実際にそのようになり、もうかれこれ四十年近く歳月は流れ去ったのに、きみたちと出会ったポーランドのひと年は、現在進行中のウクライナ戦争のさなかに、ひとすじの光明、希望となってあらためて生き返ってくるのを覚えているのです。

とにかく、きみは元気で翻訳家として活躍し、学究の夫君も、満州研究の権威としてさらに深い思想に到達しておられることでしょう。そうだ、東京で会ったあの小さな可愛い息子さん、そう、トマシュでしたね、もういまどんなに立派な青年になっていることでしょうか。

ふと思うのですが、もしかして、いまは折につけ、故郷のワルシャワに帰ったり、往復をしているのかも知れませんね。いや、いま現在、ワルシャワにいて、ウクライナの国境からポーランドに避難する厖大な難民の光景に触れ、そして、なんらかの美しい仕事をしているのかも知れないなどと想像したりします。

そうです。ポーランドの思い出の数々に、いまはロシア軍によって破壊されつくされたウクライナの町々の廃墟と人々の死が重なって来て、そこに、あの、どんなに困難な時期であったにかかわらず、きみたちが屈託なく希望をもって生きていたあの、人生を愛しうる日々の光景の色彩を重ねて、いまぼくは考えているのです。

ともあれ、ぼくはきみたちのポーランドの、あの、もっともっと愛することが容易であった日々の苦しくもまた美しい、まあ、言うなれば、黄金の青春、ショパンの音楽のようなきみたちの心を、ようやく、理解できるようになったとも言えるでしょう。


そのようなきみたちの在りし日の存在のことを、ぼくはふっと思いついて、シベリウスの交響詩〈フィンランディア〉をまねて、〈ポーランディア〉と名付けたいと思ったのです。

賢明なゾシャ！　つまり、このような世紀にあっては、個別のポーランドとか何々国とかを当てにするわけにいかないのです。頼りになるのは、詩や音楽、芸術において創造された存在であるのではないでしょうか。それをかりに〈ポーランディア〉と名付けたいのです。

そしてぼくは、ただ一つだけ、ドロータの運命について、あれやこれやと考えていたのでした。そのことも、あとでぼくは書くでしょう。大げさですが、一日として忘れたことがなかったのですから。


今日は、偶然ですが、以前に読んだチェスワフ・ミウォシュの詩が、ふっと気がかりで詩集を開いたところでしたよ。ほら、あれはまだきみたちがカリフォルニア大学のバークレー校に勤務していて、きみが日本語文学、一足飛びに夫君が教授になった頃だったけれど、電話でミウォシュの話題になったとき、きみはびっくりするくらい簡単に、大胆に、すぐバークレー校に飛んで来てね、ミウォシュにすぐに紹介するからと。あれにはあわてふためき、ぼくは怖気づいてしまった。千載一遇のチャンスだったのに。ミウォシュがバークレー校でポーランド文学史を講じているとは知っていたけれど、まさかきみが彼と昵懇だなんて思ってもいなかったからね。きみは言った。アンジェイ・ワイダの映画製作でお手伝いしたことがあって、それでミウォシュとも親しくさせてもらっているよ。

あのときぼくはバークレー校まで飛ぶなんてとてもできなかった。十分なポーランド語が出来ているならばまだしも、辞書を片手にぼそぼそと逐語訳して、ああ、そうだった、あれはいつだったか、ぼくがミウォシュの詩「カンポ・ディ・フィオーリ」を訳して本にのせたら、きみはただちに誤訳を見つけて笑った。先生、だめだよ。あれは、ソ連崩壊直後だったかな。

ともかく、あのときのきみは、まさにきみそのものだった。黄金の青春の炎のまま。つまりポーランド魂とでも言うべき気質だね。詩人ユリウシュ・スウォヴァツキ流に言えば、霊魂から生まれた雲、そう、雲だった。

ぼくは生きた詩人ミウォシュに会い損ねた。そしてその数年後だろうか、彼は亡くなったはずだよね。ぼくは奇跡を逃がしてしまった。

いま、ゆくりなく、彼の詩から一九三五年、六年に、リトワニアのヴィルノ（ヴィリニュス）で書かれた詩を、さっき辞書を引きながら読んでいた。二十代の半ばの詩だね。わざと読み違えしているかも分からないが、これを書き写します。というのも、この詩が、九十年近くも昔の詩なのに、まさしくいまこの現在の現実の戦争を予言しているようにさえ思われたからです。「雲」が一九三五年。「年どし」がその翌年です。つまり、いま現在のウクライナ戦争、いや、すべての現代の戦争と国家のアポリアはここにすでに告白されているとでもいうようにです。

そして、この詩のあと、きみたちのポーランドはあのような惨禍を経て、そしてようやくようやく、きみたちの世代がワルシャワ大学の学生になった。その先にヴァウェンサの民主化のポーランドがようやく誕生したというようにね。つまり、戦争からほぼ半世紀の苦難のあと、やっときみたちの世代になった。ぼくらが出会った頃は、まだあの黒眼鏡のヤルゼルスキ将軍が頑張っていたよね。

2

それじゃ、詩を引用しておきます。誤読があったらごめんなさい。

雲

雲よ、わたしの恐ろしい雲よ、
心臓の鼓動のような、大地の悲しみと憂愁のような、
雲の群れよ、白い沈黙の雲よ、
わたしはきみたちを、世界のことで涙にぬれた眼で見る、
自己過信、欲念、残酷、そして侮蔑の麦粒が
わたしの内部で死の眠りのための寝床を編む、
わたしは知っているのだ、わたしの偽りのもっとも美しい絵の具が
真実を覆い隠してしまっているのだ。
そのときわたしは眼を落す、わたしを吹き抜ける乾いた熱風を
感じる。おお、きみたちは何と恐ろしいことか、
世界を見張る、雲よ！　わたしを眠らせよ、
憐み深き夜にわたしを抱かしめよ。

次にもう一篇。少し長いけれども、きみたちの父母の世代はこのような黙示録世界をどのようにして生き延びてきたのだろう。

年どし

すべてが過ぎ去られすべてが忘れ去られる、
地上はただ煙だけ死んだ雲の群れだけ、
そして河のほとりは灰の中からかすかに燃える翼、
そして毒を盛られた太陽が沈み
避難の微光が海から出て来る。

すべてが過ぎ去られすべてが忘れ去られる、
だからお前は立ち上がって走るべき時だ。
目的がどこか岸辺がどこかたとえ知らぬにしても、
世界が火葬されていることが分かるだけだとしても。

そして今おまえは自分が愛していたものを憎み、
憎んでいたものを愛すべき時だ、
そして沈黙の美学を選んだ者たちの
顔を踏みつけるべき時だ。

荒地を並木道を、口をきけない者たちの
――そこは風がいかな声も囁きに変え、
あるいは頭をのけぞらせた深い眠りに変える――
その谷間を行け。そのとき…、そのときわたしの内部は
すべてが叫びと叫喚であった。その大声の叫びで
黒い春たちの廃墟がわたしを引き裂いた。
もうたくさんだ、もうたくさんだ。何一つ夢に見なかったのだから。
だれもおまえのことなど知りはしないのだから。
あれは電線に風が鳴っているだけなのだ。

だから潮時だ。わたしはこの地上を愛している、
日々は幸せで夜は晴れやかで、
大気のアーチのもとで、雲たちの門の下で、
信仰と力の大いなる同盟が成長する
あのよりよき時代に
誰にもできなかったほどに、わたしはこの地上を愛している。

いまおまえは眼をかたく瞑らねばならない、
なぜなら山も町々も河もうずたかく積み上げられ、
そして押し潰されて続いていたものは――行く手で崩壊し、
行く手で進んでいたものは――後ろに倒れるのだから。
かくて異土からのより熱き血をもった者だけが、
金髪の頭たちの疾走する状況下で群れ、
叫びつつ穴に鋭い剣を向ける。
過ぎ去られ過ぎ去られ、誰一人その罪をおぼえていない、
ただ木々だけが空に投げられた錨のように、
山から群れになって流れ下り市街を覆い、
車輪の輻《や》がぐるぐる回り、われわれは煙に巻かれる。

親愛なゾシャ、ながながとごめんなさい。つい、執筆年の三六年と言うとヒットラーのラインラント進駐という戦争の第一歩が始まった年、しかもスターリンのソ連は大粛清がすでに始まっている頃。これは、若きミウォシュの黙示録なんだろうね。

信仰と力の同盟が成長するあのよりよき時代――、この地上の生を愛している者が愛していられる大地と時代。

親愛なゾシャ、きみたちに出会ったとき、ワルシャワ大学の日本学科《ヤポニスティカ》で出会ったとき、ぼくは四十歳だったのかな。きみもドロータも、二十歳になっていなかったのではないですか。きみは履きつぶしたような登山靴で、記憶違いだったらごめんね、まるで地質学《ゲオロギヤ》の学生のように歩いていた。青春の怒りの黄金《ズウォト》を抱きしめ、こらえながら。

3

歳月はたしかにすべて過ぎ行き、跡形もなくなるだろうが、しかし記憶が残っているならば、いや、その記憶さえ失われようとも、だれかが憶えていて思い出す限り、歳月はただ単に雲のように流れ去ったのでもなければ、水のように流れ去ったわけでもないと思うのだよ。しかし、とまたきみは、ともに生きた一つの限られた時代を（だって、その時代を自分では選べないのだからね）もう一度新しく生きられるのだろうかと問うだろうね。その通りさ。生き直せないのだよ。残された生の時間はここまで来れば、もう幕が下りる刻限だからね。

しかし、ぼくらには内部の時間というみずうみがたっぷりと時間の水を湛えているのではないだろうか。生きなおせるのだよ。すべての細部を能う限り思い出すならば、そして真っ白にどうしても欠落した絶対的喪失の記憶のページだって、ともに生きたひとたち、友人たち、かかわった人たちが記憶しているかもしれないではないか。ぼくらはたしかに、個として、つまりただ一人で生まれて、そして立ち去るときもまた、つまり死にゆくときも個として、ただ一人として死んでいくに決まっていることだが、そのことも恐れはしないのだよ。一切は共にあるのだからと。

しかしきみは問うだろう。いったいわたしたちは何であったのかと。その通りさ。いったいわたしたちは何であったのか、その答えは、われわれの思い出の中にすべてが残されているのだと思うのだよ。いいかい、もうすべての記憶も失われたときみは言うが、ぼくらはたとえて言えば、一冊の詩集なのだ。記憶の詩集なのだよ。たとえ本当の、書物になった詩集ではないにしても、かけがえのない、この世に、それぞれ一冊しかない詩集なのだよ。

しかしまたきみは問うだろう。ほとんど口もきけずに、声もだせずに、そして涙を浮かべて、問うだろう。もうわたしは書くことさえできない、ことばを失ってしまったのだから、だれがわたしのことを書くというのでしょう、と。いや、その答えはとても簡単だ。共に生きた者がそれを完成するのさ。おおげさに言うが、いのちはことばだ。そしてことばはいのちだ。友のいのちがきみを書くだろう。そのことばがきみなのだ。きみはそのようにして生き残る。生き残って、風に触れ、春に巡り合う。たしかにぼくらはただ一人、母から生まれて、死ぬときもまたただ一人の個として死ぬに決まっているのだけれど、ただそれだけなら、いったい生きることになんの意味があったのかと、生きるのは時間潰しであったのかと思うだろうが、いや、そんなことはないよ。われわれはただのちに堆《うずたか》い縄文時代の貝塚のような死の形見の山にしか過ぎないのではないかと思うだろうが、そんなことはない。ぼくらは物質であるけれども、その物質がいちども行ったことのないおとぎの国を知っている精神でもあるんだよ。

時の車輪《コウォ》の下とは言わない。いや、そうではなく、時の車輪の向こうにあるんだよ。これは眼には見えないし、手では触れられない。しかし感じる。すべてを感じ、すべてを理解できる。その理解の仕方は物質的な場合の理解ではないのだよ。つまり、精神のなりたちは自然宇宙がそのまま自分を映しているのだからだ。

まあ、それはともあれ、時の車輪の向こう、彼方が、過去《プシェシュウォシチ》なのか、あるいは未来《プシシュウォシチ》なのか、いや、想起とは、今日、今、この現在《フフィラ》そのものなのだと思えば、ぼくらは語ることが出来るだろう。きみが生きるために語るのだよ。

4

おお、たしかにあれは一輪の薔薇の花だった、とマサリクは思い出している。

あの夜霧の深さの中から、一輪の薔薇の花がさしだされたのだった。

鳥のさえずり、トレモロのような、美しいポーランド語の出迎え、しめやかな、慎ましい遠慮がちの挨拶と、文法的な、律儀な母音の日本語の、はにかんだような清らかな声とともに、あの薔薇の花は差し出された。

薔薇の花は、ポーランド語だと〈ルージャ〉だが、それは同時に、女性の名も同じなのだ。夜霧の中に、なにかの告知のように、差し伸べられたルージャ。

一九八四年の秋十月であったはず。ワルシャワのオケンチェ国際空港は濃霧に包まれていた。拍子抜けするくらい小さな空港に思われたのだった。彼はなぜか、暗い星、というポーランド語のことばを思い出していたが、それは偏見だったのだろうか、しかもいざ空港の建物に入ると、どこもかしこもまるで、洞窟の回廊とでも言うように壁がはりめぐらされ、その壁もなにか簡便なボードなのであろう、視界が目隠しされたようで、検問が無事に済んで、というよりなぜか自分だけが、いや、もう一人二人、別室へと導かれた者がいたようだが、マサリクは、ゲートで幾度も見つめられ、高い窓口にある大判のリストをひらいたまま、不意に電話でどこかへ問い合わせがなされ、そのポーランド語は早口でほとんどどこちらには聞き取れず、それから金髪の若い女性係官が、すべてが解消したとでもいうように、にっこりと微笑、目混ぜするようにさえ感じられたのだったが、そのすべては秋の色に疲れていて、彼は一切の壁仕切りから抜け出て見ると、さほど広くもない荒れ庭みたいな出迎えロビーが開け、ああ、空路よ、地上の発着駅の金庫よりも脆《もろ》く、そこに十月の早い夕べの濃霧のガスが、その深い暗さで音もなく満ちて来ていたのだった。彼の持ち物と言えば、普通の旅行者のような頑丈なジュラルミンなどのスーツケースではなく、普段使っている旅行鞄一つだった。

それを左肩に投げかけるようにして、さて、と思って、空港ロビーの玄関の外に出た瞬間、空気の味が、湿って、花の匂いがし、あたりはもう一面の濃霧に埋もれていて、暗い街灯もぼんやり滲み、すぐ車寄せの背後が林になっているらしく、濃霧はそこからこちらにむかって進んでくるのが分かった。

すると目の前に、小さな歓声が夢のように浮かび上がって、思いもかけないそれが出迎えの声だったのだ。もちろん飛行機はかなり遅れたのだった。まさか、出迎えがあろうなどとは思ってもいなかった。タクシーを掴まえて、所定の住宅のある地区の市街まで行くつもりだった。

濃霧のなかに、六、七人ばかり、みな花咲く乙女たち、少女たちの、といってもみな彼より上背のある学生たちが濃い霧に浮かび重なり合うようにして並び、ぼうと滲み、霧で顔さえ定かでないまでも、花咲く乙女たちのポーランド語の挨拶、それに日本語がまざって聞こえ、そのとき、彼女たちの一人、誰とも分からないながら、濃霧の中から、一輪の薔薇の花が差し出されたのだった。無言のことばのように。みんなが柔らかい拍手をした。彼は薔薇の花をさしのべた乙女が誰なのかさっぱり分からないことも気にならず、戸惑い気味に受け取り、旅の途中で勉強してきたポーランド語でお礼のことばを発した。

それからどうしたか。

マサリクは彼女たちが掴まえてくれたおんぼろのタクシーに乗った。彼女たちの誰かが、マサリクのアドレスを告げた。ドライバーは、ポーランド語で答えた。彼女たちは霧の中で窓に手を振った。彼女たちは空港バスでワルシャワに帰るのだろう。こうして、ワルシャワ到着の第一印象は、これが首都の大地だったのか。この夕べの濃霧、花咲く若い娘たちの、たしかに西スラブ民族の血統であるにしてもロシアとはまるで違うようなエレガントなポーランド的な風を感じとったのだった。スピードを出して潰れたように疾走するタクシーの車窓からの侘しい情景もまた晩秋ということもあるが、暗くて孤影と孤独感がうち捨てられたように蹲《うずくま》っていた。

　遠くにワルシャワの市街の形が、まるでそこここに節電の灯りが点滅する廃墟のように見え出した。思った以上に大きな都市の輪郭がやがて見え出した。沈黙にたえがたくて、彼はタクシードライバーに片言のポーランド語で話しかけた。霧が深い。そうだ。何故ですか。ああ、ヴィスワ川から来る。いつものことだ。なるほど。あなた《パン》は旅行かな。いや。仕事で来た。ヤポニアからだね。そうだ。いいね。そうだろうか。そうとも。あの娘たちはワルシャワ大だ。よくわかりますね。分るさ。ヤポニスティカの才媛といったところだ。さっき日本語をしゃべっていた。出迎えです。じゃ、パンは、何かな、ヤポニアのポロフェッソルかい。まあ、そんなものだ。パンは、ソルダルノシチは、知っているか。少し。いいね。ヤルゼルスキはどうかね。もちろん知っている。将軍《ゲネラウ》で、大統領《プレズィデント》。黒眼鏡をかけている。世界に知られている。ついでに、ポーランド人ヨハネ・パウロ教皇《パピェシュ》さまは。もちろん。まずは合格かな。

　タクシーは首都ワルシャワの都心部に入り、それから大きく迂回しながらヴィスワ川の橋梁を渡り、それからさらに暗い川向の市街地へと入って行った。右岸だよ。そう、サスカ・ケンパだ。

　ここもさらに深い霧が立ち込めていた。川そのもののようにだ。これが人生だ、とポーランド語で言うのは簡単だった。AはBである、と言うのは簡単だったので、青いハンチング帽子をかぶった灰色っぽいドライバーに言った。ドライバーは、これも人生、と言い直して笑うのだった。

それが人生《ジチェ》だ、そして、それが願いだ《ジチェニェ》、というようにマサリクはいま、ずいぶんの歳月をのちに、その二つの語が、発音が似ているので、口に出してみた。あれは一九八四年の秋だから、ポーランドも黄金の秋だったのだ。そうか、ぼくは四十歳だったのだな。人生も何も分からない年齢だったのか。それからまた思った。あの一輪の薔薇の花を差し出したのが、一体、だれだったのか、そのことを考えることも、思い出すこともなかった。ただ出迎えの花咲く乙女たちの中から、それはだれでもよく、役割が定められて、誰か一人が差し出したにちがいないのだろうが、だから、そのことにどんな意味があろうかなど、思いもしない些末事だったではないか。いったい、あの出迎えで、あたりにタクシーが見つからず、タクシーを探し出して来たのが誰だったかも、彼は少しも気にかけなかったのだ。だれがそうしたのであれ、タクシーが無事に見つかればそれでいいことだった。結果があれば、それでもういいことだった。一つの行為は、播種《はしゅ》みたいなもので、播かれたからといって、その種子が無事に芽を出し、成長するとは限らないだろう。

学期が始まり、客員招聘者の彼、マサリクは都心部の新世界通りにあるワルシャワ大学の日本学科に通いだした。

濃霧の中で出迎えた花咲く乙女たちが小さなゼミ室に集っている。だれが霧の中で一輪のバラの花を差し出してくれたのか、忘れてしまっていた。

授業は始まった。
秋から、冬。そして春まで。

2章　クラクフの夜

1

　またしてもその夜もまた深い霧におおわれてしまっていたが、あれはたしか広大な野辺が金色だったのだから、少なくとも一冬を越した初夏であったろうか。刈り入れが終わった麦畑ではなかった。彼はなぜか、時を周囲の自然の移ろいによって記憶するだけで、正確にあれは何月の何日のことでなどという記憶の正確さに欠けているのだった。まして、メモでさえ、よほどのことがあってさえ、日記とかメモ帳に書かないし、またその習慣がなかった。

　事象は記憶の中に沈んでしまうに任せるのだった。すべての現象はすべてが理解されることはなく、その現象の因縁が、ああ、そういうことであったかと分かるまでには、何十年もかかるのだった。だから、どんな細部でも謎に満ちたままだった。ただそのときどきに、腑《フ》に落ちていれば、そのまま先へと進んで行くばかりだった。ずいぶん後になって、自分には何一つメモもなくて、しかし記憶ではたしかにこうであったと信じながら、しかしそれでももしかしてとんでもない間違いをしでかしているかも知れないと思い、随分歳月が過ぎ去ってから、あの日は雨ではなかったかどうかと、若い友人に問い合わせたことがあった。しかし余ほどのことでもない限り、その日が雨だったかどうかなど、重要案件であるはずがなかった。ところが、どういうわけかその友人もまた何か心が騒いだのか、偶然のことだがその当時の忘備録の手帖の一冊が残っていたからと言って、その日は確かに雨だったと知らせてくれた。

2

いま四十年近くも前の、ポーランドの古都クラクフのその夜の深い霧を思い出しながら、深い霧だった、確かに、そうだった。

その霧に朽ちてマサリクは、オペラハウスの如きクラクフ中央駅舎の、上屋のプラットホームのベンチに腰掛けて、いつ入ると知られないワルシャワ行きの列車を待っているところだった。霧は風の流れによるのか、時に晴れながらも、プラットホームのコンクリート床をあわてずにゆっくり、まるで高山のガスのように膝までよせてきてはまた流れるのだった。隣に並んでこしかけているポーランド人は何一つ驚かず、むしろこの静寂に寛いでいるようだった。

実はマサリクは昨夜クラクフに着いて、宿をどうするか思案しているところに、がっちりした体格の男がめざとく近づいて来た。自宅の一部屋があいているので泊れともちかける。マサリクは怪しんだが、民宿の誘いはよくあることだし、有益でもあり、ありがたいことだった。まさか寝ているうちに殺されるなんてこともあるまいと判断して、その夜は路面電車が走っている通りに面した建物の一階の、その男の住宅に泊まった。夫婦二人きりだった。一続きの部屋で、そこの主人夫妻の部屋と仕切りがあるだけだった。何故そう言ったのか、そのもう老年の主人が、自分はドイツ人でね、と言ったのだった。その瞬間、マサリクはなにか大きな運命があったことを思い浮かべていたが、別にそれが何かをもたらしたわけではなく、ただ、それとなく眠られない夜半に気がかりになった。はい、と聞き流した。ポーランドにドイツ人がいて何の不思議もない。理由があってのことだ。マサリクはただ、クラクフ見物ですよ。チャルトルスキ美術館で、ダヴィンチの「白貂《テン》を抱く貴婦人」を見たいのです、と言った。がっしりと肩幅の広い主は、考え込むようにマサリクをじっと見つめた。それから、言った。あの貴婦人を見ると救われた気持ちになります。なぜなら、いちばん幸せだった日々を、思い出させてくれるからね

……

翌朝は質素な朝食を出してもらい、その民宿をあとにした。
そして一日の重い旅を終えて、ようやく夕暮のクラクフ駅に帰り着いた。駅舎はごったがえしだった。広大な駅舎構内は驚くほど人々が集まっていて、幾つも窓口もある切符売り場は長い行列だった。もう行列には馴れきっていたので、ただ待てばいい。従順になにも考えずに待てば自分の番がやって来る。

同時に、いくつもの行列を眺めているうちに、こうして自分たちが延々とならんで行く先の切符の発券を従順に待ち続けているのは、同じ本質の現象の比喩であるように思われるのだった。しかし人々の群れは、どこへ行くのにしろ、どこに帰るのだろうにしても、必死にというよりは長い時間の中で何かを熟成させているような感じだった。人々は男女いろいろだが、どちらかといえば婦人が多かった。色とりどりの夏衣に見えるが、夕方になるとたしかに寒さが感じられるからか、秋衣のコートも携えていて、ずっしりと重く、また秋の枯れ薄《ススキ》のような色彩が身に纏われているように見えた。不思議なことに、若い女性たちの姿がひどく少なかった。人々の手荷物の数も多かった。まるで国内移民のようにだが、それにしても若い女性たちは夜行列車の旅はしないのだろうか。

いや、すでにどこかへ運ばれてしまったということか。マサリクは妙な気分になっていた。ようやく自分の番が来たので、窓口に大きな声で言った。聞き返されるので、さらに大きな発音で、ワルシャワ行きの発券を頼んだ。発券係の鼻眼鏡の婦人は時刻表を確認し、最終便の夜行列車の発券をしてくれることになった。もちろん予約席はなく、自由席だ。いいです、おねがいします。発券係は疲労で白っぽい顔に笑みを浮かべた。桃色じみた厚紙の切符状に切った切符を金属箱から引出し、その切符に丁寧にボールペンの独特の空色の筆記体文字で、行く先、日時を記入した。ね、まるで一番短い詩句のように、ね。とでも言っていたようだった。ありがとう。マサリクは支払い、切符を受け取り、丁寧にお礼を言った。すると彼女は、一息ほっとしたように笑顔になり、パンは日本人ですね、と言ったのだった。

それは、オシフィエンチムはどうでしたかと言う意味だとマサリクはとったが、まるであんたの旅の一番の目的は、アウシュヴィッツだと言い当てているかのようだった。そうだ、アウシュヴィッツはドイツ語命名で、本来は、オシフィエンチム、その名の通り、聖化するという語源じゃあないか。

彼は広くてごった返している待合室を見渡したが、もうどこのベンチにも坐る場所はないのが分かった。あと三時間以上は待たなければならない。彼はもういちどお礼を言った。よい旅を、という嗄れ声が心に残った。マサリクには妙なくせがあった。そのような声によって、それを発した働く婦人の人生や運命、いや、運命の人生と言った方がいいのではあるまいか、その来し方未来を思うくせがあった。その瞬間、彼はその相手と共になにかの光景の現場に立ち会っているような気持ちになるのだった。それを比喩的に言うと、おお、車輪の向こうの未知の村、とでもいうような思いだった。

しばらくのあいだ広大なごった返しの待合室をさまよったあげく、ここは見知らない人生と人々の交錯の場で、慌ただしくても好ましかったが、人々の群れに交じっているうちに、どこかへごっそり運ばれてしまうような思いになり、それから逃れるようにして、無人の改札口をくぐりぬけ、プラットホームに出た。そのすぐ一番線のホームにベンチがあったので、待合室の壁を背にした静けさの中に沈むことが出来た。やはり夏だったのだ。夜は冷え込んでいた。そしてベンチにいると、人気もないが、まるで人の群れのように、どこからもれてくるのか間歇的に濃霧が這うようにして満ちて来るのだった。彼も濃霧に朽ちていった。気が付くと、なんのことはない、ベンチの隣に小柄でがっしりと肩幅のある男が一人同じように腰掛けていた。ふたたび霧が立ち去っていくと、男の顔がすぐとなりにあった。本を広げていたのだったが、霧の間は眼を閉じていたに違いない。プラットホームにはそれなりの灯りが灯っていたし、待合室の灯りの流れも届いていた。霧が晴れると、プラットホームは遥か遠くまで続き、その先が待避線になっているので、荒果てた左手に野辺が電柱に護られて広がっていた。夏の廃墟とでもいうようにだが、しかしだいたい待避線の光景はみなこうだろう。灯りがともった小屋が並んでいる。

3

二人は、男の方から声が来て、少し会話が始まった。耐えることに習熟したとでもいうような中年男は自己紹介した。気さくな話し好きだ。霧が濃いでしょう。なに、いつものことです。ヴィスワ川ですよ。王城のほとりをぐるっと回ってここまで霧がやってくる。霧に包まれた歴史だなんてね。男は笑いながら、わたしはね、ジェパの技師です。ジェパとはなにかですって？　やれやれ、大事な、カブです。白いのも黒いのもカブ。農作地のカブの検査で出張して回っている。今年の収穫の調査です。はい、仕事はいろいろあるものです。だからこうしてわたしは暮らしていける。なるほど、パンはヤポニアからでしたか。なるほど、いい国ですね。え、そうですか。うらやましいです。でもポルスカもこのとおりですが、美しい大地《ジェミャ》です。地方に行ってごらんなさい、トラクターだなんて、ありゃしない。日が暮れるまで、こうやって種をまいている。どこでも、永遠《ヴィェチュノシチ》のように大地があるばかり。それだけですな。ええ、それでいいのです。ここのところは実に危なかったが、やっとなんとかなりました。ヤルゼルスキ将軍が、戒厳令《スタン・ヴォエンヌィ》で、間一髪というところでした。ソリダルノシチ、そう連帯の連中はみんなつかまって、おかげで内乱もソ連の侵攻も防げた。ことは急がないでいい。そのうちに晴れて来る。ソリダルノシチはご存じだね。よろしい。ほう、ヤポニアにも聞こえておるんですな。よいことだ。ま、そういうことだ。流血をみずに済んだ。もう少しの忍耐です。ここは過渡期でしょう。もう少しです。わたしは測量士みたいに大地のジェパと麦の調査にあけくれています。そして希望を失わぬために、ほら、ちゃんとこのようにわが国の詩人のことばを噛みしめているのです。

ジェパの農業技師は頬杖をつくような所作で、言った。いや、そらんじて見せたのだった。薔薇の花と石とを一つにして花咲かせて下さい。実に素晴らしいじゃありませんか。いいですか、これはわが国のロマン派の大詩人、ユリウシュ・スウォヴァツキですよ。「予言」という詩の一行ですよ。なに、たった一行では、不足だとでも？　いや、これで十分です。薔薇の花と石とが一つに結ばれるときのことを想像してごらんなさい。素晴らしいじゃありませんか！　これぞポーランドではないでしょうか。ロマン派がいいのです。

4

二人はベンチにかけたまま、話したり、聞いたり、沈黙したりしながら、いつまでも待っているしかなかった。風向きで幾度か同じように濃霧が這ってきては線路にも沈み込んで、待避線に流れて行った。ほんとうに生きているのでしょうか。マサリクが訊いた。誰がです？　待合室の人たち。そりゃあ、もちろんです。記号なんかであるわけがない。触ったら部厚い肉体です。マサリクは自分でもへんな問いかけだと思った。待合室の人々の姿は、ここからは壁に隔てられて見えなかった。

　その一瞬間のことだったが、また霧が吹きだすように這いだして来て、二人のベンチに押し寄せ、膝まで這い上がって来た。二人は霧に埋もれた。そのとき、二人のすぐ前を、霧に隠れるようにしたのか足早に過ぎ行く人影が現れた。その瞬間に霧が薄れ、その人影があらわれ、姿も顔もはっきりと見えた。待合室からこちらに出て来たのか、どこへ行くのか、この先は遠い待避線しかないのだが。それは一人の若者だった。瀟洒なみなりで、上衣は仕立ての善いウールの背広、手には小ぶりな革鞄をさげている。こちらを見て、ふっと笑みを投げかけたのがマサリクには分かった。どういう意味だったのか、そしてそのまま濃霧に消える瞬間、後ろから走ってきた靴音が馬蹄のようにとでも言うべきか金属的に打ち叩かれ、弾け、その二人の屈強な上背のある二人の軍服が若者に追いつき、マサリクのすぐそばの壁際に両手をあげさせて押し付けた。一瞬の出来事だった。そこは霧が流れ去って、はっきりと見え出した。学生市民《オフィヴァテル・ストゥデント》、あなたは逮捕された！　と言う声が発せられた。すかさず若者は二人に両腕を取られて、その先へと連行される、その一瞬間だが、若者は睫毛に綿毛がついたような大きな瞳でこちらを向き、一言言った。悲痛な叫びのようではなく、まるで詩の朗読とでもいうように一声言った。それをマサリクは聞いた。パミェンチ！　という一語が残された。それからこちらを振り返りざま、アデュー！

と囁くように言ったのだった。たしかに、優雅にというべきか、adieu! と響いた。

霧のプラットホームのこの眼前で行われた逮捕劇にマサリクは考えが及ばなかった。となりのジェパの検査技師がこともなげに言った。あれは徴兵の逃亡者です。よくある。夜行列車に紛れ込むつもりだったか。ああ、あれはどう見ても良家の子弟といったところだ。南部国境軍管区に入営させられたのだな。ということは、おそらく北部か、東の出身者だろうね。故郷から遠い土地に行かせられるからね。パミェンチ、と言いましたが。そうだね、証言者はわれわれ二人だけだから。ぼくのことを覚えていてくれ、ということでしょうね。そうなるね。あのアデューは、さよならの意味だが、あれはいいね。ええ、いいですね。しかし、これから拷問されるな。まあ、耳が聞こえなくされるだろうね。内務監獄にぶち込まれるにしろ、二年は出られまい。よくあることだ。逃亡して当たり前なんだがね。これもわがポーランドだ。過去から学べと言うが、わたしに言わせれば、間違っている。あのような若者に、アデュー、を言わせてはなるまい。

ますます霧が深く寒くなった。霧には匂いがあった。夏の若葉の匂いに違いなかった。ヴィスワ川の岸辺の葦原の泥濘の匂いだったのかもしれない。

3章　オオバコ

1

そしてきみは問うだろう、どのようにしてその最後の夜行列車《ポチョンク・ノッヌイ》が入線したのかと。（その問はいまになってやっと、それが本当だったと分かるのだが）、マサリク自身もまた我先にと駆け出し、後尾車輌を先頭にしてざんざめく音楽や哄笑と一緒にバッカス祭の列車になって入線して来たのだった。待合室からは人々がどっとばかりに一番線のプラットホームに膨れ上がった。マサリクもジェパの技師も、こうしてはいられず、互いに別れしな、若き金髪の〈パミェンチ！〉、〈アデュー！〉を一緒に目撃した小さな悲劇を心にとめて、その形見のことばを合言葉にして駆け出した。言うまでもなく、ジェパの技師に二度と出会うことはないのだ。車窓はみな満艦飾の船ででもあるかのように精力に満ち溢れた男女の顔や肩や腕っぷしが映り、中でてんでに演奏される音楽にあわせてマズルカでも踊っているような狂騒ぶりだった。小柄なジェパの技師は一群れのおばさんたちに紛れて見えなくなった。マサリクはできるだけ前方の機関車に近い客車へと走ったが、それでも我慢が出来ず、霧の中に浮かんだすぐ近くの車輛のデッキで妥協することにした。というのも、ちょうど眼の前で列車が鈍い音をガタンと立てて停止し、もうすぐにでも乗り込めるからだった。あちこちで雪崩を打つように人々が荷物ごと自分を肉体の全重量を集中してデッキへとせりあがっていた。

マサリクもやっとのことで潰されそうになりながらだが、デッキから廊下へ、客室へとかき分けて進むが、その先はもうどこへも足を踏み入れようがないくらいだった。一体何輛目だったのかも分からないが、ここまでの後列車輛の車室はポーランド軍の将兵たちで満杯だった。そのあいだに若い娘やおばさん、それから何かの旅人だの、あふれかえるように歌と踊り、ウオッカの乾杯やら、祝祭のさなかであった。座席の通路には将校たちがずらりと立ちならび、その威容には驚かされた。とにかく体躯がちがうのだ。銃弾でも跳ねかえすような胸幅、分厚さ、汗をかいた軍服の臭い、席のあちこちで若い女たちが兵士たちの膝にのっかって笑いに噎《む》せ、鳥たちの集合のようにポーランド語の子音がさんざめいていた。マサリクはこのむしむしした集合体の肉体に囲まれながらも、これが本当に人間の肉体なのだろうかという疑いにとらわれたのだった。第一、夜行列車は後部車輛から先に入線して来たというのも分からないことだった。機関車から先頭に入線してくるべきだろうと思われたのだった。しかも、この最終便の夜行列車はクラクフ始発のワルシャワ行きではなかっただろうか。これはどう見ても、ワルシャワから直行した列車ではなく、そうとも、降車客はいなかったではないか、そうだ、クラクフに至るどこかの支線の駅が始発で、このクラクフ駅に合流して立ち寄り、それでまた乗客を拾い上げて、あたかもクラクフ始発の夜行列車に化けたとでもいうのでなければ、理解できなかった。本来は機関車が先頭でクラクフに向かって走り、待避線で方向を転じて後、クラクフ駅構内には尻の方から入線したにちがいなかった。

マサリクは祝祭の客室にはもうどのような隙間もないので、デッキに押し戻されるようにして立ちんぼうの人々に交じって立った。夫々に手荷物があった。デッキはほとんどが男の乗客たちだった。トイレはどうなるのか、そんなことを思う余裕もなかった。バッカス祭は続いている。やがて列車は無事に人々を収納して、ゴトン、ゴトンと重量感のある音を引きずり動き出した。狭いデッキに詰まった男たちはみな寡黙だった。ひっそりとし、疲れ切っていた。タバコも吸わない。ことばも交わさない。客室とここと、どちらが生の世界だろうかとマサリクは思った。

夜行列車は疾走した。一時間も過ぎたころにはもう立っているのが困難だった。それぞれに小さい自分だけの空間を確保し、そこにしゃがみこんだ。荷物のある者はそれに腰掛け、うつむいて仮眠をとりだした。夜行列車はもうあとどこにも停車しなかった。ときおり見知らない駅舎が過ぎ去られる。闇の荒野がどこまでも広がった。マサリクはドアに一番近い、ステップに荷物と一緒に立っていた。ドアガラス窓に顔をくっつけるようにして立っているが、もう限界だった。人々が窮屈な姿勢で居眠りを始めるにつれて、なぜか隙間ができた。

隣に立っていたまだ若い男が、ずいぶん時間が過ぎ去ってから、ふとマサリクに声をかけたのだった。手荷物をここにおいてその上にかけたらいい、そうつぶやいたのだ。ほら、わたしはこの大きな荷物で幅をとってしまっているから、すまないな。見ると、たしかにひどく大きな麻布の袋が置いてあって、デッキのステップに立ちながら、こいつに坐ったらいい、と言うのだった。マサリクはお礼を言った。坐り心地はごつごつした。彼も坐った。足はステップの段に落とせるので、椅子にでも坐っているようだった。時折立つことも出来た。もう、デッキに立ったり坐ったりしている他の人々は眠ってしまっていた。立ちながらでも眠れるものなのだ。列車の車輪の轟音は慣れてしまうと、平安な夜の静寂になった。静寂《チシャ》が鳴っているだけなのだ。

2

二人はそれとなく話を交わした。マリウシュです。ワルシャワに異動です。新聞社ですよ。記者《コレスポンデント》ですか。そう。家庭教師《コレペティトル》ではなくてね。ああ、こいつは本です。引っ越しです。安上がりでしょう。タバコ吸いましょうか。遠慮いりませんよ。喜んで。渡りに船とはこのことだ。マサリクはいそいそとハイライトを取り出し、マリウシュにどうぞとすすめた。マリウシュがマッチで火をつけてくれた。そうでしたか、ヤポニアか。そうかなと思っていましたがね。ヤポニアの煙草は初めてだ。軽い、軽い。アハハ、この本はね、地下に潜ったソリダルノシチの人々の支援です。バザーで売って、少しでもカンパするのです。なかなかのハンサムな男だ。波打つ豊かな髪は少し縮れ気味だった。ポーランド語はどうですか。ええ、まだ、ちょっとです。二人で吸う車中のタバコはたまらなく美味しかった。新聞記者はぎりぎりまで吸い終わった。さあ、夜明けまではまだまだ。ワルシャワ中央駅につくのは何時かな。マリウシュは古風な懐中時計を見た。マサリクにはそれが銀時計だとすぐに分かった。きっと由緒ある銀時計に違いなかった。

クラクフで何を見て来たのかとか、そんな質問は一つもなかった。さあ、眠りましょう。二人は本の詰まった大きな麻袋を少し平らに均《なら》しあってから腰掛けた。列車は夜の中を疾走した。車輪の音を聞きながら、ライデン、ライデン、というようになぜかマサリクはライナー・マリア・リルケの詩の音を思い浮かべながら揺られていった。眠った。客車内の音楽もバッカス祭もとっくに終わっていた。みな眠りに落ちてしまったのだ。暗いポーランドの星たちが疾走する列車をみつめている。

ここはどこだったのか、マリウシュもマサリクも目覚めた。もう何時間も疾駆したのだったろうか。まわりはまだ眠りこけている。途中停車だね。どこでしょうね。駅もないし、何もない。そうだね、これはワルシャワからの本線を先行させるためでしょう。いや、相手は貨物列車だ。側線に入って待っているんですよ。

3

そしてこの世とも思われない美しい壮麗な夜明けだった。二人はデッキに立ったまま朝日が昇ってくるその直前の所作を眺めた。光の矢が、矢と言うよりは矢につけられ光線のヴェールを広げながら、停車した列車のちょうど二人が立ったその視界へと、と言うのもデッキの両脇の外は林間になっていて、この中間にまだ刈り入れがなされていない麦畑がひろがっていて、その上を真紅から橙色に変化しながら、すぐそこまで美しい透明な指をさしのべてよこしていたのだった。マリウシュが言った。やれやれ、神が存在するというようなことだな。こいつは参ったな。青黒い雲ももう金色に変わり、さらに白い雲の船になって動き出していた。余りの清浄無垢な純粋空間は、そこは要するにポーランドのどこにでもある大地のある小さな一隅にすぎないはずなのに、木々の緑も若々しく濡れ、そしてマサリクがデッキのドアガラスの汚れを手で擦って見ると、狭軌線路の路床脇に、朝露にたっぷりとぬれた草が生い茂り、ちょうど、マリウシュも下を見ていたが、そこは一面青々としたオオバコの葉が群れていたのだった。その緑したたるような月並みな葉はどれもみな夜明けの光を受けて、とても普通ただ土埃にまみれたみすぼらしい余計者、道ばたの車前草《しゃぜんそう》とは思われないほど輝きをましている。

パダロジュニクだ。マサリクはロシア語で言った。

そう、バプカだね。マリウシュがポーランド語で言った。そしてたちまち光のヴェールは二人が立っているデッキまで這い上がった。そうだ、これがふつうのオオバコだ、とマサリクは心中に言った。それをいま隣でじっとオオバコに見惚れているマリウシュに言っていいものかどうか迷った。言うべきであるのかどうか、マサリクは分からなかった。にも拘らず、簡単なポーランド語だったので、ことばにした。

ええ。オシフィエンチムのオオバコの葉、物凄く大きかった。……、ガス室のまわりです。アウシュヴィッツ。ええ。おっしゃる通りです。憶えていても忘れましょう。でも、しかし、忘れてはなりませんが、とらわれすぎてもなりません。しかし、でも、にも拘らず、ほら、この車輪の外、路床脇のオオバコ。これが本来です。ほんとうです。本当に美しい。神がいると思わざるを得ない。

マサリクは心の重荷がとれたように思った。彼も知っていたのか。もちろんだろう。恐ろしい大きさで繁殖していたではないか。その覆われた塚の上から遠くまでびっしりとオオバコが続いていた。夕べの青黒い雲は……。金色の毛髪になって光線が散乱し始めた。列車は緩慢に動き出した。

あのわたしの掌よりもはるかに大きなオオバコ、わたしは記憶するが、わたしがきみたちに記憶されることはないのだろうから、しかしわたしが思い出してそれを書き残せば、あるいはもっと純粋な形で、というよりただただ大地のさほど役にも立たないがしかし欠くわけにいかない大事な車前草だとして、生まれ変わることが出来るだろうか、あの恐るべき物質の金髪の渦毛の山の沈黙の叫びよりも、生き延びて再生してくれているように、大地そのものから。恐るべき所業の人間の大地そのものから。

われわれが雲の比喩だと言うのなら、もっと明瞭かも分からない。時間はどうして直線的に水平に、秩序正しく流れるということがあるだろうか。時間は流れはしない。永遠として、確固として、動きはしないのではないのか。われわれが動くから、われわれが思うから、想い起こすから、時間が生まれるにちがいない。いや、そもそも存在していないのではないのか。行為し、行動する結果が、過去として残像にされ、それが想起されようとき、まったく別に新しい時間が発生するのではないのか。

わたしたちは雲なのだ。雲を見上げる、雲を追いかける、雲になろうとする、あの豪奢な雲たちでなくても、過ぎ去られた時間は一切が雲の比喩だとすれば、下界で地上にあって見つめられているのが、わたしたちに固有の時間だったのではないだろうか。

マサリクは思い出の渦巻く雲をいまは眺め上げているだけに過ぎない。失われた時を求める旅はつねに人々の悔恨の主題になるが、マサリクは実際に、小さな一つの雲を思い起こすことで、つぎつぎと、まるで脈絡もないのに、違うものが違うものではなく同じものであることを見出すようにして、小さな雲から渦巻く雲、雷鳴のとどろく雲までも想い起こすだろう。あのポーランド平原の地平線の果てで演じられた雲たちのスペクタクルを、雷鳴を、壮麗なる稲妻を、人々の個人の小さな物語の、琥珀《こはく》のごとき断片を思い起こすだろう。時系列を超えるのだ。

4章　斜塔

1

親愛なゾシカ、きみはもうとっくに忘れてしまっているだろうね。あれはいつのことだったたか、わたしはきみたちのだれだったたか、誕生会に招待されたのだった。紙切れに書かれた地図を渡された。まるで探検のようにだ。わたしは首都の街並みさえ、まだ詳しく知らなかった。いつもきまって、ヴィスワ川右岸の地区の小さな街のわびしい住宅の、もちろん大学が苦労して獲得してくれたアパルトマンからだったが、ぎゅうぎゅう詰めのバスに乗り、ヴィスワ川にかかった巨大で美しい悲劇的なポニャトフスキ橋を渡り、やがて党本部の前の十字路でバスを降り、それから大学に向かって新世界《ノーヴィ・シフィアト》通りを往復する。ただその繰り返しに過ぎなかった。

その日わたしはきみから渡された地図を頼りに、ヴィスワ川左岸の遠い地区へと向かった。左岸と言っても、時としてポニャトフスキ橋をあるいて渡るときなど、この母なるヴィスワ川の両岸に佇んで、そう、いわば、橋上の人となって眺めると、ヴィスワ川は大きく蛇行しながらはるか遠くまでさかのぼっているのが分かった。その先にどんな町があるのかも定かでなかった。晴れた日は雲がとくに美しかった。この橋の通りは、都心にまっすぐにむかう大通りで、エルサレム通りと呼ばれていたし、夕日はこの通りの果てに、首都の中心部に燃えながら没するのだった。

やっとのことで、まだ戦禍のあとがあちこちに残され界隈に紛れ込んで行くと、ここいらは草と石の世界だった。いや、石は瓦礫の残骸だったが、ほんとうの石はどこにあったろうか。花たちだけがとくべつに美しく競い合っていた。ね、まるで聖書の世界のようにね。イエズスが歩いていておかしくなさそうだった。きみの家は、緩やかな河川敷があって、その上のようやく川岸に建っていた。そこいらにそのような高い建築物はなかった。そしてその九階建てばかりの建物の玄関口に立った時、わたしはある眩暈のような感覚に襲われた。つまり、どう感じても、この高くはあるが細身のただ一棟だけが空にのぼっているのが未来の不安をもたらしたのだった。しかも見た目でも分かるが、建物はピサの斜塔のほどでないが、右に傾いていた。その傾き加減が目にも分かるという事は、いったいどういう事だろうか。しかも、きみの七階まではエレベーターがついている。エレベーターが何の不安もなく働いているのだ。わたしは恐怖にかられつつもエレベーターに踏み込んだ。高所恐怖症の再発のたちすくみをおぼえた。というのもエレベーターは要するに、足元も回りも全部が見えるただの外付けの四角いリフト箱に過ぎなかったのだ。しかもやっとエレベーターを出ると、そこが鉄板だけの踊り場になっていて、まだそここに建築のし残しの鉄材などが積まれていた。まだまだ建築中だったのが、資材不足で、時間を待っているのにちがいなかった。

ゾシャの母が十年も待ちに待ち、やっと入居できたマンションだったのだ。普請中であれ、もう住むことは大丈夫だ。どっこい人々は待ちきれずに住んでいるのだ。マサリクが呼び鈴を押すと、もう大学の教室の乙女たちが七人ばかり集っていて、華やぎ、にぎやかだった。ポーランドの花々がこの狭い一室に押し込まれたような小さな庭園だった。ポーランド語が蜜蜂みたいに鳴っていた。マサリクの入室と同時にポーランド語と日本語がまざりあった。紅茶とジャムの甘い焼き菓子が振舞われていた。しかし、居室はこころなし傾いていたが、だれもなにも言わない。ゾシャが集う花たちの中心だった。相変わらず、茶色の髪を伸ばし放題にして、まるでひとりだけ少年のようで、よごれたジーンズをはき、あぐらをかいていた。マサリクがこわごわ窓の外を見る。このまま、この狭い一室が落下するように思われた。この麗しい乙女たちを乗せた魔法の絨毯のように。ひょっとしたら歴史の想起からもたらされた偏見であろうか。いや、ほんの一センチの傾きなど、身体の平衡感覚は慣れてしまえば、自然なのだ。意識が傾くことはあるまい。傾きとは、いわば心的外傷の先入観だったのかも分からない。

しかし、傾きなどよそに、広大なヴィスワ川の眺めは素晴らしかった。この首都を首都たらしめている風土と自然が燦然と輝き、緑にあふれている。左岸地区に水を運ぶ、取水口の建物がくっきりと見えた。この水を飲んでいるのだ。上流にはどれほどの工場が廃液を流していることだったろうか。

ゾシャが言った。先生、傾いているでしょう。そうだね、それとなく。しかし、とマサリクは思った。住宅がまるで足りないのだ。少々傾こうがどうだろうが、このような部屋があるだけでどれほど幸いだろうか。そのとき、きみは言った。ゾシャは言った。わたしもそう思った。でも、ヴィスワ川は傾いていないよ。あの草地も、あの雲も、ほら、あの雲に突っ込んでいく雲雀《スコヴロネク》だって。マサリクも言った。人が作るものは傾く。自然は傾かない。星たちだって傾かない。大地は傾かない。人の心も、傾かない。先生、それ、本当かな、と窓辺でゾシャが言った。ゾシャは何事も懐疑する性質だった。多かれ少なかれ、わたしたちの心は傾いているよ。だから、過去も、傾いているよ。

花咲く娘たちはさりげなく簡素に着飾っていたが、それぞれがみなそれぞれに不幸であり、また幸福であり、暮らしには苦労しているはずだったが、微塵もそれをむきだしにしなかった。みんなは車座になって、いま話していたのはウルシュラだった。蓮の花のようなウルシュラは麻薬撲滅運動に加わっている。恋人が麻薬中毒患者なのだ。大地に罌粟の花が咲き乱れている。野放図に栽培されている。簡単に麻薬がつくれる。しかし、きっと治してみせるよ。未来は傾かないと心に信じ切っているからだろう。若さということもあるが、たしかに、この斜塔のような建築物から見る世界をヴィスワの大河が寛大な蛇行部をかかえながら、ウルシュラの瞳のような青い空色に似た水をたたえてゆっくりと流れていた。この先、バルト海のグダニスクまできみたちの母なる川はどのような旅をして行くのだろうか。空間よりも時間、歳月のことだけれどもね。

マサリクはこのとき、ついでだが、グダニスクの大学から依頼された講演のポーランド語草稿をたずさえていたのだった。ゾシャに手直しをしてもらうのだ。少しずつ書いた部分を読んでもらうのだが、きまって彼女は言うのだった。だめです。先生、いいですか。ポーランド語の文体は、低いのから高いのまで段階があります。わたしたちにおいては、講演というのは、いいですか、完成原稿を一字一句間違いなく、読み上げることです。その途中で、とつぜん閃いたからといって、その思い付きをアドリブでつけたしてはいけません。文字化したものだけ、それだけに限定して読むのです。低い文体とはなんでしょうか。それは、話し言葉で書くことです。そして、書き言葉には、三段階があるのです。

ゾシャの斜塔はただ一度きりの訪問だったが、傾いた建築は人生のメタファーのようにマサリクの心に残った。ゾシャの心についてのように、というのも、彼女の心にはどこか、まるで荒地の草のように、抑えられた怒りといったものがあって、世界は傾いて見えているようにマサリクには思えたのだった。この集まりに、ドロータは来ていなかった。ゾシャのいちばんの友だちだった。

雲は傾かない。川も大地も、雲雀も。過去の傾きをただせ。マサリクは講演原稿をゾシャに託し、花たちの中に長居せずに、小さなモッコのようなエレベーターに乗って、ようやく大地に安心して立つことが出来た。

2

ゾシャのつつましい住まいの建築物は大地にたいして傾いていた。その傾きは微かであっても、しかし傾いていて何が悪いだろうか。前衛芸術とでも思えば不思議はない。要は、ここで暮らして恙無《つつがな》く生きていくことだけが大事なのだ。ヴィスワ川にたいして、空に消える雲雀の行方にたいして微妙に傾いている。そしてマサリク自身が本来的に微妙に傾いているのに違いなかった。許容範囲内でね、と賢いゾシャは皮肉に笑ったではないか。

マサリクはいつだったか冬のモスクワの旅のことを思った。外務省の近くのホテルに一夜投宿したのだったが、雪が降りだしていたのだ、そこへ向かう暗い夕べにはまるで銀河が急激に傾き、上昇してのち直ちに急坂を落下するような夕べで、しかも舞いだした雪ひらは霜花になって刺繡を編んでいた。案内された部屋は、まっくらな洞窟の奥深くのようであった。そして重力のあるドアが、ドアというより巨人族の門のようだった。それが傾いていた。その傾きは一目でわかるくらいだったが、そのいびつな傾きに合わせて、ドアの立て付けが調整され、間に合わせられ、開けてくぐるときのこちらの身体がおのずと傾くように感じられた。床までが傾いていたならホンモノだが、そこまでとは感じられない。しかし全体が、これほどの巨大建築で部分的であれ、傾いていることが特別に思われなくて人生が進んでいるということだったのか。そのようなソヴィエト建築は設計者の誇りにかけてあり得べくもないことだろうが、しかし、計画経済の仕組みから考えると、不思議なことではない。修正したあたりが可笑しいようなことだ。モスクワはそれでもいいだろう。しかし、ゾシャの部屋の傾きは、ただ一室の部屋だけの話ではなく、建築物のその塔全体が一様に、低いところはともかく上階に進めば進むほど、傾きは身体感覚に違和感を与えるだろう。しかし、ようやく、何年も何年も、申し込みをしたその甲斐があって、宝くじにあたったように入居できた部屋だった。そこで、ゾシャを囲んで乙女たちが集まっているのだった。いいえ、ひとはみんなそれなりにピサの斜塔だよ、ゾシャは言った。ZSRR《ゼテセレル》ソ連は、そうね、バベルの塔だよね。あれって、不条理《アプスルト》なんだよね。

中は傾いていても、斜塔であっても、下界を眺望すると、ヴィスワ川も草地も、雲が沸き立っている地平遥かな遠景も、美しさに輝き、水は傾かずに流れ、大地は、どんなに起伏があろうとも少しも傾いていないのだった。それは大きいからともいえるが、あるいは人の住む建築物の細い塔のような儚《はかな》さでもあっただろうか。

救いはあった。彼女の窓からはヴィスワ川の広大な蛇行部が見え、その岸辺の中洲のような位置に、緑濃い矩形の一角があって、ふと訊いてみると、あれは取水所だというのだった。ヴィスワ川の水が飲料水として取水され、地区に届けられるのであろう。あの水でわたしたちは生きている。でも汚染されているよ。分かっているよ。煮沸して使う。グダニスクまで長い川の旅をしていくと、河口域では魚が汚染されて、奇形になっているよ。わたしたちだって未来がどうなるのか分からない。でも生きるよ。地方から大学に来た子でもない限り、生まれたときから母なるヴィスワ川の水を飲んで育った。マサリクは蛇口にとりつける濾過装置をもってきたから、水道水の沈殿物には敏感だった。そんな水にも拘らず、ヴィスワ川は美しく豊かで、悠然と流れている。もし岸辺に、葦をかき分けながら穂先の禾《のぎ》に粉っぽくなって、暗くて重い水辺に佇むなら、岸辺の泥濘は深く、水の流れは波立ち、時として、遠くで兵士たちが渡河作戦の演習を行っていることがあった。

どうして一番の友のドロータが誕生会に来られなかったのだろう。マサリクは乙女たちの家庭のことなど決してこちらから訊くようなことはなかった。まして出自のこと、あるいは民族のことなどは、どうして聞くことができたろう。ただ、名前だけでいい。もし彼女たちに、家庭のこと出身地のこと、あるいは民族のことなど訊いたなら、何が飛び出してくるか分からないという気持ちがそうさせるのだった。そしてこの思いこそが、マサリクの偏見だったともいえるだろう。いいかい、民族ではないんだよ、あくまでも、それは根っこであるにはちがいないがね、個人というかけがえのない花、その名だけで十分すぎるのだよ。民族などと言いだすときほど、危ないことはない。何かがひそかに企まれているのだ。いまある名前と人格だけで十分すぎるのだ。みなそれぞれに、幸せと不幸とを背負っているに違いなかった。どんなに幸せであったにしても、歴史の過去の翳が無いわけにはいかない世代なのだ。

ゾシャは言った。ドロータの父は有名な芸術家、画家だよ。ヴァルデマル。なんだか北欧、デンマーク王のような名だね。うん、そうかも。ロシア語だと、ヴラジミル。世界を支配する、という意味になるね。ねえ、ゾシャ、きみたちの第二語はロシア語だったね。さらにドイツ語やフランス語。それに英語かな。ゾシャは、それにわたしたちは、変人集団だから、ジパングの国の日本語、と言った。

斜塔の小さな一室からヴィスワ川を見下ろしながら、ヴァルデマルという名の響きが忘れがたかったのだ。まるで遠い古代にヴィスワ川をデンマーク船が帆を下ろし、櫂《かい》をあげて遡《さかのぼ》ってくるのが見えるように思われたからだった。商人ではない。軍団だったか。それがまたドロータの美しさにつながったのだろうか。ドロータはわたしたちとちがって、モデルのアルバイトだよ。芸術家の暮らしは楽ではないのだから。ドロータは病気の母、そして芸術しか眼中にない父を献身的に支えている。そうゾシャは、自分の誇りのように言った。

3

教室と言ってもそこはほんとうに小さな、日本のどこか流行らない学習塾の部屋があって、そこがまた二つに分割出来て、まるでどこか大病院の中の別室のような部分で、授業が行われていたのだった。いやいや、マサリクがどういう縁だったか、その年にポーランドの首都にあるワルシャワ大学に客員教授という名でそこのヤポニスティカつまり東洋学部のうちの日本学科で日本語と日本語文学のいわば講読を担当する役目だった。いわば、外人教師といったところだった。大学の正門をくぐると、ワルシャワ大学はこぶりとは言え、奥の深い構内が広がり、まっすぐに行くと本部の建物が控え、左手にはいろいろな学部のある本棟がそびえている。日本学科はどういうわけか、その中間にある建物にいわば間借りをして、つつましく自由に暮らしている趣きだった。それに、一足出て、その次にもう一つの間借りをしていて、そこはまるで十九世紀の革命運動のサロンとでもいうような教室が二階にあった。で、その小ぶりな建物、それとなくまるで古いポーランドのささやかな地主屋敷みたいな屋根の家が隣接していて、そこにはほとんど目立たないけれども、金属プレートがうちつけられ、ショパンが住んでいた、というような記述があった。その年代から言って、ショパンがまだ青少年の頃に、ここで暮らしたということだった。つまり、十九世紀三〇年代以前、ここはだれか貴族の館があって、その館にショパンが寄宿して学んでいた場所ということであるらしい。その跡地に、学習塾みたいな日本学科の教室の小ぶりな建物が立ち、学生たちもまたひょっとしたら、その縁を誇らしく意識していたかどうか。マサリクはそのひしゃげたような建物の角を曲がるとき、ショパンの名を意識し、そして直に意識しなくなってしまった。で、このワルシャワ大学の構内がどんなに広大であるかということは、授業がおわったあとは散策方々、ヴィスワ川河畔へと本部棟の脇から、下りていくことが出来たからだった。つまり、ワルシャワ大学はここで、はるかバルト海まで北流するヴィスワ川のゆるやかな蛇行部の左岸の段丘の上に位置していたのだった。河岸へと下りていくにしたがって広大な緑地の公園がひろがっていた。対岸には、右岸地区がまるで蜃気楼のように煙っているのだった。だれからだったろうか、右岸のプラガ地区は貧民街があると耳にしたことがあったので、マサリクの心は疼くように思った。そして、悠然たる流れからなおまだ高い岸辺に立って、対岸を眺めると、これじゃとても渡河作戦といっても至難だったろうと思わずにいられなかった。ワルシャワ支配のナチス・ドイツ軍がワルシャワ蜂起を徹底的に殲滅し、そこへかろうじてこの対岸に辿り着いたソ連赤軍とソ連内ポーランド義勇軍が対峙した時、赤軍は渡河作戦を実行せずに、ワルシャワ蜂起が殲滅され、ワルシャワ市街が灰塵に帰すまで待っていたのだと、聞かされたように覚えているが、いや、ほんとうにそうであったのかどうか。救援を待っている側は、それはその通りだ。ソ連赤軍に見棄てられたも同然だ。自分たちが支配するために、ワルシャワ蜂起軍が殲滅されるのを、漁夫の利を待っていたのだと言う言説にも一理あった。しかし、マサリクはぼんやりとヴィスワ川を眺めながら、悪天候の季節ともなれば、この渡河作戦は容易なことではないだろうと思う他なかった。こちら左岸がこんなにも高い城塞のような段丘なのだから、渡河作戦は一望のもとに粉砕されるのではないだろうか。しかもソ連赤軍はクルスクの大会戦でようやくにしてドイツ軍を敗走させたとはいえ赤軍の損害も補給もその先にウクライナ戦線が待ち受け、息も絶え絶えな死の山を乗り越えて来た軍だった。ついにポーランドの首都、夢のようなワルシャワの姿を前にして、強大なヴィスワ川が渡河を拒んでいたのだった。自軍をここで壊滅状態にする危険はある。軍の補給を待たなければならない。日本学科に在籍の幾人かの男子学生たちは言うのだった。意図的に見殺しにしたのですよ。それもありうる、と彼も思った。いや、ソ連赤軍とともに進軍して来たソ連内で訓練されたポーランド軍兵士たちはいったいどうであったろうか。再三渡河作戦決行を要求したに違いない。いや、ここでは到底無理としても、ゾシャの斜塔があるあたりの蛇行部でなら渡河作戦は少しは容易ではなかっただろうか。きっと彼らは矢も楯もたまらず、ここまで長途戦で疲弊しつくしていたとしても、渡河作戦を試みないわけがない。おそらくそれさえもナチス・ドイツ軍の猛反撃によって挫折したということではなかったろうか。

マサリクは、このような年代になって、ワルシャワで日本語を教えに来て、このよう大陸の国境続きの国というのは、どうしたって深層意識に、過去の戦争記憶が埋め込まれているのが分かったように思うのだった。日本国内の川を渡るのとはわけが違うのだ。現実の戦争とは、殲滅なのだ。数千万の死の山なのだ。それにも拘らず、美しい首都ワルシャワは人々はみな疲れ切って、埃っぽく、日々の暮らしに追われて生きている。マサリクは大学から帰るときは、新世界通りを人波にのまれながらのんびりと歩き、異邦人だというような意識の欠片もなく、とけこみ、消え、まだまるで戦後すぐとでも言うような人々に紛れ込み、通りにずらりとならぶ書店や店に顔をだしながら、また舗道に出て、人々に紛れ、広々とした十字路にでると日没がかがやき、ひとびとは電車を待ち、はちきれそうな車体のバス停留所のコンクリートホームに自分もならび、タバコにマッチで火をつけるが、風があってうまくつかないでいると、見かねた労働者帽の男が、マッチの軸を三本にして火をつけ、それを掌のなかにすぼめてまもりながらさしだして笑顔を見せる。そして自分でも安煙草に火をつける。十字路の斜め左手の党本部の旗がはためいている。だれも見ようとしない。黒い大型のロシア製ヴォルガの車が何台か列をなして突っ込んできて、新世界通りを大学の方へ向かう。バスが来て、火をくれた男がマサリクに手をあげてから到着したバスに乗り込んだ。マサリクも軽く手をあげる。マサリクの乗るバスはまだ来ない。向かいの路面電車に乗るべく河岸を変えた方が早いかもしれない。

待つのは苦にならない。すべては待つことなのだ。物事の真の意味が姿をみせるのはどれだけの時間がかかることだろうか。ことばだけ分かるということは真に分かるということではなかろう。ことばはほんのわずかしか明かさない。しかし、まことのことばはかならずどこかで見出だされるのだ。そんなことを思い、バス停の埃っぽい風に吹かれていると、今日の、思いがけない、授業の光景が思い浮かぶのだった。

4

今日の授業の一コマは特別に計画してやったことではなかった。講読ばかりでは力が付かないので、折々、即興的にと言うべきか、或る題を出して、短文をその場で辞書も無しで書いてもらうのだった。まえもって宿題を出して、立派な作文を書いてもらうのではなかった。マサリクは招聘教師ではあるが、教授法などの専門家ではなかった。日本語と日本文学の幾つかについていくらかの足しになればいいというような思いだった。ワルシャワ大の日本学科はウイーン大学につぐほど知られているのだったが、マサリクはまったく専門外と言ってよかった。

それでは、きょうは、思い出、最初の思い出、そうですね、最初の記憶。というような題で、短文を書いてください。残り時間は三十分。ほんとうに短くて結構です。紙片は、みなさんが使っている方眼罫線のノートでいいです。書き終わったらそれを切って提出してください。そう言ってマサリクはいかにも先生らしく振舞い、小さなでこぼこした黒板に板書した。チョークが黒板になじまない。黒板拭きは小さな雑巾の塊だった。最初の記憶、とマサリクは板書した。

するとみんなはちょっとざわめいたのち、ノートにかがみこんだ。ゾシャは後列の端っこにいた。そのとなりに、めずらしくドロータが掛けていた。ドロータはとても背が高いのでゾシャと並ぶと姉と妹のように見える。みな同年代の乙女だった。男子学生はきょうは欠席だ。みんなは漢字試験などなら、成績評価の足しになるので熱心だが、講読や詩歌などの勉強はさほど実利的ではなかった。

マサリクは板書した後、この題では自分だって難しい。自分の最初の記憶《パミエンチ》、最初の思い出《フスポムニェニュ》とは、まてよ、一体何だったろう。彼は椅子に腰かけた。みんなはひどく静かだった。最初の思い出、最初の記憶。そうだ、しかし、それをほんとうにほんとうのことをこんな時間内で書くことができるだろうか。こんな難題をいきなりとは。マサリクは後悔した。ゾシャはくしゃくしゃの髪をかきむしっているように見えた。心で怒っているのではあるまいか。それはそうだろう。自分の最初の記憶、思い出、というのは、それは自分のほんとうのだれにも明かさないような秘密の財宝なのではないか。それをこのように方眼罫線のノートの切れはしに書けだなんて。彼は椅子に掛けて我が事をふと思い出していた。自分が三歳だったという時のことを……

ゾシャのとなりにいるドロータが遠いところを眼をすがめて見るような顔をあげた。言うまでもなくここの花咲く乙女たちの中で、ドロータの美しさはたとえようがないくらいだったが、その物静かな謙虚さのせいで、美しさはけっして他を美しくないようなものにすることがなかった。その美しさはもしその意識を強くすれば、あまりにも輝きすぎるのを知っていて、そのために淡く、遠慮深く、静かなおだやかさの微笑へと変換させられたとでもいうようだった。自己を押し出さないのだ。そして肉体的な現実性の生命力に満ちた他の乙女たちの花のそばにそっと紛れる。そのような在り方だった。

それは一目で気が付くことだった。だれかに似ているのだが、とマサリクは思っていたが、そういえば、もちろん姿態も顔もまったく異なるのだが、その静謐で柔らかなオーラが、そうだな、クラクフのチャルトリスキ美術館で見たダ・ヴィンチの「白貂《テン》を抱く貴婦人」と同じ性質ではなかろうか。アウシュヴィッツを回ったあと、クラクフに帰り、足を引きずりながら、教会を訪ね、それから閉館間際のチャルトリスキ美術館に立ち寄り、人っ子一人いない館内で、まだ乙女のような「白貂を抱く貴婦人」の前に立った。壁に掛けられているのではなく、イーゼルに直におかれたようにして展示されていたではないか。彼女の前に佇み、ガス室の塚の上のはるかまで続く大きなオオバコの不気味さが、少しずつ遠のいて行ったではないか。それは「白貂を抱く貴婦人」のそのまなざしゆえだったのではないか。それと同じまなざし、それをドロータは乙女のままにもっているということか。


それではゾシャ、みんなの作文を集めてください、とマサリクは時計を見てから言った。ゾシャは返事をして立ち上がり、みんなから切り取った方眼罫線のページを集めて持ってきた。気が付くと、もうドロータの姿がこんな狭い教室なのにどこにもなかった。驚いてマサリクはゾシャに訊いた。ドロータは？　ゾシャはふっと笑った。これがドロータの作文です。ドラは素早く書き終わって出て行ったよ。なんだ、ぼんやりしていて先生は気が付かなかったんだ。アルバイト、モデルの仕事、忙しいんだ。

マサリクが自分の最初の記憶について思いだそうと、眼をつむってでもいた瞬間に、ドロータはそっと出て行ったのにちがいない。作文はこの通り、ゾシャに託して。授業は終わった。

5

ゾシャやドロータたち乙女が本当は何歳なのかさえマサリクは知らなかったし、知ろうとも思わなかった。みなそれぞれの生まれや育ち、そしてそれぞれの経過があって、年齢も一様ではなく、日一日を生き、そして、もちろん遥かな未来を、未来の自分を思い描くことがあるとしても、生きる時間はその日その日だけで生きることだったし、今日はたちまち過去になるのだった。しかしそれを過去とは思わなかった。マサリクだとて、その日一日を生きて、さて、その先に何十年もの歳月が待っているなどとは少しも思わなかった。

最初の思い出、最初の記憶の小さな作文の時間はたちまち過ぎ去られ、気が付くと、ドロータの姿は夢のように、いや、早い黄金の雲の一片のように掻き消えてしまっていた。ゾシャはみんなの作文の紙片をとりまとめてマサリクに手渡した。いちばんうえにドロータの紙片があったので、一瞬でそれが目に入り、一瞬で読んでしまった。ゾシャが言った。笑みを浮かべていた。これがドラなんだな、とゾシャは言った。いいですか、先生、そばにいるだけでうっとりするくらいに美しいドラ、それだけで幸せな気持ちにさせてくれるドラ、まるで、ほら、これじゃ、大きくなったけれども、こんな子供なんだ、そんなふうにゾシャは言った。もちろん彼女もドロータの数行の文を読んでいたのだ。それも勿忘草《わすれなぐさ》の花みたいな小さいちいさい、縮れたような青いボールペンの字だった。それから、ゾシャも生活のための仕事があって、あわただしくいなくなった。いったいどこで何のアルバイトをしているのかもこちらには分からない。

マサリクは今日の授業がこれで済んだので、大学を後にして、新世界通りをゆっくりと歩き出した。歩きながら、市街についてよりも、ゾシャのあの九階建ての斜塔の窓から見えた、取水口のあるヴィスワ川の中洲のことを思っていた。その中洲は果樹園になっていて、サクランボの花が真っ白だったから忘れないのだ。歩きながら、方眼罫線の紙片を片手にしてそれぞれの作文を読んだ。人びとは過ぎて行った。心にとまったのは、ドロータとゾシャの二人だけだった。あとはまちがいのない日本語ではあったが、書くことをためらったのかも分からないではないか。心の秘密のようなものだから。

ゾシャの作文も短かった。文字がナイフの傷のように鋭かった。父の野辺送りの記憶。父は化学者、とても若くて病気で、（たぶん、結核で、とマサリクは直感したが）、亡くなった。母に手を引かれて父が埋葬されたこと。ゾシャは四歳だった。そして母が泣き止まなかったこと。

次にマサリクは、とても短い、たどたどしくさえあるドロータの数行を読んだ。それはこうだった。

――黒いの、という名前の海で、夏をすごしました。わたしは砂浜であそんでいました。むこうから黒いの大きな男の人がやって来ましたので、わたしはこわくなって走り出し、ママの腕にかくれて泣いていました。

要するに、ただこれだけだった。ドロータの日本語はとても幼い。というのも欠席が多かったからだろうか。ドロータの家族は夏になると〈黒いのという名前の海〉、つまり〈黒海《モジェ・チャルネ》〉に避暑に行くということ。そうか、ドロータの父はヴァルデマルという名の著名な画家だよとゾシャが言っていた。これはきっと七〇年代のはじめのことだろうか。となると、ドロータの両親は、おそらく三〇年代生まれだとして、戦中世代ということになる。つまりナチス・ドイツの占領下で両親は生きたということか。

そしてここでマサリクは思考を止めた。思考停止したうえで、七〇年代には自由に黒海などへと避暑に出かけていたことになるだろう。どんなに貧しくてもこれは恵まれている。芸術家だからだろうか。ゾシャにはそんな余裕はなかったかも分からない。芸術家の家庭で、それなりに、暮らしは豊かではないまでも、黒海への避暑に行けるだけの心の余裕はあったのだろう。

それにしても、とマサリクは思った。新世界通りの中ほどにある、労働者たちが群れている小さなスタンドのカフェに入って、小さなカップで真っ黒な苦い珈琲を飲みながら、汚れたガラス窓越しに行き過ぎる人々を眺めた。だれもみな一様に疲れきっていた。その心が見えるように思った。表情も渋い皺が刻まれていた。しかしどっこい懸命に生き延びている感じがあった。帰宅したら、どっと倒れるくらいの疲労がつもりつもっているようにさえ思われるのだったが、いや、どっこいそうではなさそうなのだ。これは手ごわいことだ。黒眼鏡《オクラルィ・プシェチフスウォネチネ》の旦那、ということばが聞こえた。明らかにヤルゼルスキ大統領のことだ。あれはな、ポーランド最後の軍服のシュラフタだから。

肘をつき、立ったままで珈琲《カヴァ》を啜るのである。安煙草の煙の渦が心地いいくらいだった。外は曇っている。風があった。マサリクは思った。三歳か四歳のドロータが、初めて見た黒人にびっくりして、泣きながら母のもとに走って行く。

このような驚きと恐怖。黒海と黒人。子供のドロータの意識において、黒海の海面が黒いのではないにしても、この《黒い》の連想がたまたま黒人と重なった。幼いドロータは〈黒人〉という概念など知る由もなかったところへ、とつぜん眼前に、真っ黒いの人が現れたのだ。その驚き。それが少なくとも作文に書けば、そのように思い出されるということだったのだろう。ドロータの日々の印象の中に、どこを見ても、〈黒いの〉という気配は皆無だったのではないか。マサリクは小さなカップの黒い苦い珈琲を毒薬みたいにちびちび飲んだ。彼には、ドロータのこの短い作文が、まるで詩のようにさえ思われ、薄青い方眼罫線の矩形のなかに空色のボールペンの縮れ毛の筆跡が天使の文字のように丁寧に書き込まれている。黒いの、という名前の海で。やがて多くの歳月が過ぎ去るにつれてわれわれはみなこの、最初の記憶を忘れ去ってしまうだろう。いや、決して忘れないであろう。決して戻れない時の記憶だけれども、その最初の記憶の変奏を、その後の歳月は聞かせてくれることはあるのだろうか。

5章　椿事

1

美しい季節だった。灰色だった人生が見る見るうちに廃墟から生まれ変わったようだった。というのも戦後四十年は経っているはずなのに、首都の周辺区の市街には、瓦礫が積み残され、火砲で破壊された建物があちこちに雑草にうもれて取り残され、またそういう場所でも人々は昔通りに暮らしているのだった。数日で初夏がやってくるような月になって、いよいよマサリクは遠いバルト海の港市グダニスクへと講演に出発する頃合いになった。

しかし、どうしてこのような思いがけない椿事に恵まれたかというと、それはいよいよ冬が始まるその入り口のところで、突然に電話がかかって来たのが運のツキであった。わたしたちの意識における時間というのは、直線的に先へ先へと平坦に、岸辺のない川のように行く先もどこの河口へとも定かならず流れているのではなくて、今日の今この時間も、昨日の、あるいは数十年前の時間も、あるいは比喩的に言えば、数百年前の自分の経験したことのない時間もが、一気に、一緒に、同時に、この現在に共時的に現存するというようなことが、苦もなく行われているのではなかったろうか。すぐ傍らに、すでに過ぎ去った時間がいわばさらに純粋形として共にあってなんら違和感もなく、その共時性によって過不足なく生きているという実存感を覚えるのではあるまいか。そういう意味で、いま、マサリクは五月のヴィスワ川の中洲のサクランボ畑の中にたまたまあった木のベンチに腰掛け、ゾシャから手渡された講演原稿を声に出して練習しているのだった。文法の間違いはもちろんのこと、大事なのは、ポーランド語には、口語表現も大事だが、もっと大事なのは、文章語の文体であるというのだった。文章語にも低いのから高いのまで段階がある、講演の内容は分かるが、それだけでは不十分です。文体が、いいえ、なにもアカデミックな講演だからというわけではないのですが、もう少し、高貴でなくてはなりません。ゾシャは手厳しかった。こちらは冬の間、ひどい苦労をしながらポーランド語文法を学習し、まずはロシア語文で下書きをこしらえ、それをポーランド語へと翻訳するというような作業をしてきた。

雲雀《スコヴロネク》は甲高くさえずりながらヴィスワ川上空の流れる雲に突き進み、また中洲の草むらに落ちて来た。世界はこともなく平和だった。首都は遠くに低い音を立てていた。どこからでも見えると言われる典型的なスターリン建築の城塞が、文化宮殿と言う名で、そのゴシック風の塔を空に突き刺している。マサリクはゾシャの手直しが入った原稿のポーランド語を声に出して読みながら、思い返した。

あれは冬に入る直前のことか。クリスマス前のことだったたか。突然アパルトマンの電話が鳴り響いた。

受話器をとって耳にあてがうやいなや、そうだ、晩秋の輝きがハスキーな声を出したとでも言うような明朗な女性の声で、ゆっくりと言ったのだった。それは同時に切れのいい早口で事務的な調子にも聞こえた。早口のポーランド語はお手上げだったものの、すぐにすべてが分かった。それが何とまあ、五月にグダニスク教育大学のロシア文学セクションでぜひ講演をしてほしいと言うのだ。その瞬間マサリクは何故そういう招待がいきなり電話で打診されてきたのか、少しも不思議とは思わず、喜び慌て、とっさのことで、タ―ク、はい、喜んで、と答えた。すると声の主だった教授の声が、一段と明るく甘美に、別人のように聞こえた。マサリクはその声に一瞬うっとりと聞き惚れたが、すかさず彼女は、パン・マサリク、それでは何語で、ロシア語ですか、英語ですか、ドイツ語ですか、とたたみかけてきた。間一髪、マサリクは、どこからそんな返事が出てしまったのか、はい、ポーランド語で、と答えてしまった。シマッタと思う間もなく、受話器の声が喜びに満ちたように感じられた。こんなふうにして一瞬のうちに、話が決まった。シヴェルスカ教授のゆたかな声色が耳に染まった。それでは、プロフェッソル・マサリク、あとの連絡はすべて助手のルイザ・ラウェンスカにゆだねます。正式な書面も全部。

あっというまに合意は成立した。そして決してそれは後悔ではなかったが、マサリクは、やれやれ、なんでまた、〈ポポルスク！〉、ポーランド語で、などと答えてしまったのだろう。いや、これはいやしくもポーランドに招聘された異邦人としての礼儀だろう、どんなに稚拙であろうとも、そこは矜持とも言うべきことだ、しかしこれは大変なことになったぞ。ポーランド語文法の第８課くらいまでしか学習したことがないのに、いきなり、もちろん冬の準備期間があるにしても、何という見栄を切ったことか。

いま、ゾシャの助けによって出来上がった講演原稿を読みながら、一冬が無事に越えられたことをかみしめた。一冬は特に厳寒で、災厄《わざわい》はみんなロシアから来ると取りざたされ、ヴィスワ川は凍結し、河氷が盛り上がり、マサリクも人びとと同様に氷柱をたらしたマンモスのようだった。ゾシャは文体にとてもうるさかったが、マサリクの幼いような言い回しは、問題ないとして、先生のオリジナルですからと言って、それとなく生き残らせてくれた。自分の考えたことが、このポーランド語の声の響きに生まれ変わって一時間そこそこではあれ、この異邦での時の中に流れるのだ。何という幸運だろう。中洲のサクランボ畑の緑陰のベンチにかけ、流れの波音に囲まれ、足元には数知れない草花がまるで栄華を誇ったように咲いている。中洲に寄せられた砂礫も石も宝石のように輝いている。ポーランドは、首都や都市に花咲いた文化とはまた別に、このようなさりげない自然の草と石の親和にあるのも頷けるのだ。

しかし、どういうわけで、グダニスク大学からいきなり講演依頼の電話が直接に学部長のシヴェルスカ教授からかかって来たのか。今ごろになってマサリクはその因縁を辿っていた。やはりこれは、ポーランドにおけるパステルナーク作品の名訳者でもあるポヴェリン・リラック先生がかかわっているに違いなかった。文学者や知識人の人脈が、奇しき織物のように織られてポーランド文化や政治の大地に敷かれているのに違いないのだ。そうだ、リラック先生が言ってくれたのだ。それをシヴェルスカ先生が、判断した。グダニスクは連帯のヴァウェンサの拠点だ。いや、いまはみな逮捕されて、左派は地下にもぐっていると聞く。リラックさんたちは言うまでもなく、ほとんどが連帯派を支援しているのだ。

さらにマサリクはもっとそれ以前の出来事を今になって想い起こすのだった。

ヴィスワ川の五月の微風はさわやかで甘美だった。雲雀たちはもう鳴きやんでいた。蜜蜂たちの羽音が心地よく聞こえていた。蝶たちがあちこちに飛び回っていた。ゾシャの住む斜塔も、ここからだと、少しも傾いた建築物とも思われなかった。遠く陽炎に揺れているだけだ。もしかしたら、ワルシャワに着いたその夜から、このような流れに巻きこまれていたのに違いない。大きな歴史は歴史で流れがあって、その流れに自分はこのような形で足を踏み入れることになったと言うのは大げさすぎるにしても。ほんの行きすがりではあるけれども……

マサリクは講演原稿を読み終えた。あとはグダニスクに列車で行くだけだと思いながら、ワルシャワに着いた最初の数日間を、思い直すことにした。一体、時間とはどのようにして発生し、成長し、そして何らかの実を結ぶのだろうか。その細部は、普段はその日その日に追われて探求することはないが、一冬過ぎて、いま想い起こすことになった。そして中洲の小径を歩いた。ヴィスワ川、ヴィスワ川の、サクランボ。それをポーランド語で、ヴィスワ、ヴィスワヌィ、ヴィシニャ——と声に出して。

6章　その夕べ

1

ワルシャワに着いて何日目の夜のことだったか。少し生活にも慣れてきたので、東京で紹介されていたとある商社マンに挨拶に寄ったところ、先客があって、その磊落なQ氏が二人の客人の歓迎にとある場所で一杯やりますかということになった。マサリクはそれとなく、同席の作家の名を知っていたのだが、ただの小説作家という範疇には入りきらない手強い思想家だった。マサリクは最初、異質な、煮えたぎるような実存慾と憤怒の塊をかかえて旅をしてうずくまっている石塊の如き人物に見えた。マサリクは畏怖を覚えた。覚えたには違いないが、心のうちは人情にあふれていると見えた。黒いサングラスをかけ、庇帽を目深にかぶって、寡黙で、その身形がいわば眉目秀麗さを故意に隠しているように思われた。マサリクはそっと距離をおいた。心の距離はさほど感じなかった。同席の作家は商社マンを、おい、Qちゃん、と呼んだ。旧知の間柄だったのだ。Qちゃんは作家をユゼフと呼んだ。なあにむかしからの綽名さね。Qちゃんはポーランド語が流暢のようだった。資本主義経済の利があればそれでいいという割り切った考えの持ち主だったが、その枠をちょっとだけ外れて考えているような人物だった。この国の込み入った反体制情勢に詳しかった。

その晩は霧が立ち込めず、星空だった。車でどこをどう走ったものかやがて場末ではないのに場末にしか見えない大きな建物の前で止まった。タクシーはすぐに立ち去った。さあここです。Qちゃんはそう言い、漆黒の玄関、まるで十センチもの鋼鉄製とでもいうような扉の前に立つと、小窓が開き、明らかに武装したガードマンのような大きな男がゆっくりと出て来て、何かを要求した。Qちゃんはポーランド語で言い、カードを提示した。ただちに三人は慇懃に扉の中に通された。深い洞窟の底へ下りて行くような構造で、その螺旋的回廊を下がって行くと、にわかに底の中央にだけ照明が点滅し、ムジィカがガンガン鳴り響いていたのだった。なるほど、ナイトクラブか、くらいにマサリクは思った。しかしこのワルシャワでとは、とも思った。

そこからがテーブルが並び、その並びも、二段構えで、いちばん底の方は円形状で、そこにはもっと多くのテーブルが並び、客の影が闇に沈み、かつまた真ん中の舞台に当たる照明で色とりどりの影を帯びている。三人はこちらの上の方の、いわば天井桟敷風の場所のテーブルに陣取った。やがて注文を取りに女がやって来た。商社マンは馴れきっていた。ターク、ターク、商談はここでやる。トキオからよく来るね。この先の商売を見込んでね。彼は饒舌だった。いいですか、おぼえておいてください、ここは、ナチス・ドイツの将校たちのオアシス、ナイトクラブだったという触れ込みだが、さあどうだか。

ね、それがそっくりそのままこのように残っているって。よくまあ破壊されずに残ったもんだね。いや、退却する時に、破壊する余裕もなかったのか。まあ、亡霊屋敷ってとこだ。そこにほら、これだけの男女が集まって来ている。ほら、あれはアラブの連中です。アブラで儲けて、ここにやって来る。本当は向こうではそこそこだが、ここに来れば金持ちに早変わりだ。ここは安い。ほら、あそこはパリあたりの有閑マダム方でしょうね。美少年買い。ね、ユゼフ。トーマス・マンの「ヴェニスに死す」、あれは、監督が誰だったか。ルキノ・ヴィスコンティだよ。そうそう。あの美少年タッジョみたいなのはざらにいる。ゼンキョートー、あのあとだったかな。そうだね。観たな。ほれ、やれやれだ。

　非政治的に徹しようともですよ、こんな地下の現実がある。そこへ資本主義が先遣隊でとっくに到着している。ポーランドの市民農民、ようするにフツーの人々は生活が大変ですが、こんな場所が、おおいにシンボリックじゃありませんか。ナチス・ドイツの将校クラブがこのように亡霊になって、ここに欧米の資本主義の亡者が寄り集まってきて、まあ、酒池肉林やら契約とか、現実亡者のバッカス祭ってとこ。いや、いや、これが一つだなんて思わないでください、ただの一例です。ターク、タク、人が生きていくということは、こういうことがどうしたって随伴する。いいですか、いま、連帯の重要人物たちはヴァウェンサを筆頭にみな投獄されている。それをやったのは黒眼鏡のヤルゼルスキ将軍、大統領だ。戒厳令《スタン・ヴォエンヌイ》をやってさ、ようやく持ちこたえた。あの謹厳実直の、甘いチャストコ一つも食べたことのない軍人修行者の坊ちゃんが、いいですか、このポーランドを曲がりなりにも救った。彼はここにこんな地下があって栄えているなんて知らんさ。知っていても、手を出さない。ただただ、ポーランド救国の一心ですよ。ぼくはそう見ています。あのとき戒厳令をしかなければ、耄碌ブレジネフのソ連は、まあブレジネフは老いぼれ爺さんでことばつきもままならなくなっていたが、やはり万一のことあれば、ワルシャワに戦車を入れたはず。そうなれば、もうポーランドは少なくとも内戦状態だ。真ッ二つに割れる。ヤルゼルスキは自分が率いる国軍で同胞を殺戮せざるをえなくなる。これをやったらおしまいだ。ヤルゼルスキは秘かにモスクワに飛び、なんとか自分でおさえこむから、戦車だけはごめんこうむると、確約をとって帰国したはずです。いやいや、社会主義体制の未来がかかっている問題だから、モスクワがどう出るかは、最後の瞬間まで分からない。それでヤルゼルスキの決断だったのさ。圧倒的な反体制派知識人、また全国の連帯の労働者たちがどう言おうが、武力蜂起がやれるかどうか。ヤルゼルスキは国軍を握って離さなかった。なにも彼らを殺したわけではない。万一手遅れとなれば、亡国の悲劇を繰り返して来たポーランドのことだから、何をするか分からん。歴史的にロシア帝国、ソ連とのかかわりあいを考えた場合、そうそう簡単なことではない。離婚します、はいどうぞというわけにいかない。

とにかく、ポーランド社会主義共和国の存亡に際して、非常手段の戒厳令で、一気に反体制反乱を抑えるに尽きる。軍の民族派からの跳ね上がりが何を仕掛けるか分からない。死者を一人も出さずに戒厳令で無血のポーランド社会主義共和国を保持する。ソ連みたいな強大な国家と一緒に生きるということは、戦車でやられてしまわれては元も子もない。歴史の勝利は、時を待たなければならないさ。急《せ》いては、すべてを失う。ポーランドはいままさに東ドイツとならんで世界社会主義共和国の最前線、二番手ですからね。まあ、私見によればですが、しかし、遅かれ早かれ、ポーランドはうまく立ち回るのではないか。というのも、それはあの黒眼鏡の、と彼は言って、まるで今向き合って強く香ばしいズブルフカの杯を重ねて、貪欲に肉を噛み切っているユゼフを見た。

寡黙な黒眼鏡のユーさんがいい声で言った。うん、ヤルゼルスキは愛してるんだよ、わが祖国を。連中はみんなそうだ。困ったもんだがね。ポーランドの大地。いや。故郷の領地と言っていいかな。過去の夢だがね。だって、ポーランドの最後のシュラフタ、誇りある領地士族の出自さ。この矜持はいいよ。将軍さんのあの黒眼鏡は、シベリアに両親とともにもっていかれて、シベリアで森林伐採の重労働の結果だそうだがね。雪で眼がやられたのさ。それからだよ、ソ連内でポーランド軍団に入って、刻苦精励し、地道な努力をして、ついに故国に帰還する。それもだよ、これはQちゃんだって知ってるだろ、ワルシャワ蜂起の時、いいかい、若きヤルゼルスキもソ連赤軍とともに、ソ連内ポーランド軍団の将校として、ヴィスワ川右岸戦線までついにたどり着いた。あと一歩だ。ポーランド軍団は赤軍司令部に幾度となくヴィスワ川渡河作戦を訴えた。自分たちは、厳寒期の渡河作戦を決行したが、結局ドイツ軍の火砲に蹴散らされた。いいかい、それはワルシャワ蜂起の同胞を救出したいのはやまやまだが、赤軍だって、もうここまで来るだけでへろへろだったということも、割引して考えたいね。

だってね、ベルリンまで進軍しなければならないよ。いいかい、ベルリンを陥落させたのは、赤軍とこのヤルゼルスキたち若きソ連内ポーランド軍団だった。戦禍の現実を潜り抜けているからこそ、ヤルゼルスキは、無血の戒厳令を選んだのではないかとおれは思うが、甘いかね。さあ、どうだろうかね。まあ、おれの親父の世代の軍人だからね。ことばによる外交交渉で、フツーの国民の損失を見ずに、生活は苦しくとも、とにかく平安に日々の暮らしが保証されるのなら、生きる不便があれやこれやあろうと、あとは未来の時にゆだねていいのではないのかな。まあね、こんなナチス将校クラブの亡霊場所に来たのも気持ち悪いが、ここにぬけめなく資本主義経済が浸透して来ているなど些末事。こんなものさ。欲望まみれでくたばるのみ。実存のもう一つの現れなんだからね。わが擬《みなし》制的民主主義ジャパンなんかより、よほどましじゃないかな。

作家のユーはそこまで言い、ときどきマサリクのほうを黒眼鏡で見つめた。こんな暗さの中でさらに黒眼鏡なら何も見えないだろうとマサリクは不思議に思った。そのとき、円形の舞台でヌードダンスが始まった。ムジィカの叫びがくねった。若いむすめたちが数人、舞台で、たいへん稚拙なダンスを披露し始めた。おやおや、と作家は言った。Qちゃんが、すみません、あれはプロじゃありません、アルバイト。女子学生が多い。学費稼ぎ。ユゼフが言った。ふむ、なにもQちゃんが言い訳する必要はないと思うよ。でもね、可哀そうな気がするんだよ。そんなで商売が務まるかね。おい、Qちゃん、きみが学費を出せよ。テーブルの客たちにとってダンスなどは見ても見なくても同じ余興にすぎなかった。秘密の商談の成立だけが大事だった。ぎこちないダンスがしばらく続く中、とつぜん、その舞台に下から若者が一人飛び上り、そこで裸になったと思うと一緒になって踊り出した。Qちゃんが言った。やれやれ、最近、急にあんな若いのが来始めた。ほら、日本の若いのです。ああいうのがヨーロッパ経由でワルシャワに流れ着く。

この夜の宴の場は資本主義といわずどこでも似たような亡霊の夜の喧騒に近かった。むかしナチス将校クラブのナイトクラブを出るときは、裏口から出ると言うのだった。マサリクはコーラだけだったので素面だった。裏口のしんと静まり返った仄暗い廊下に出ると、踊り子を演じたに違いない若い乙女たちが素顔にもどって、あわただしく帰るところだった。Qちゃんが、ポーランド語でねぎらいのことばをかけた。おやすみなさい、とも添えた。彼女たちははにかみながら答えた。ドブラー・ノッツ、というお休みなさいのポーランド語が、寒い寒い星空に響くようだった。どう見たって、成人とは思われないくらいあどけない笑顔だった。ありゃ、どう見たって天使《アニュウ》だよね。欲情をそそらんな。がっちりした体躯のユゼフが心に憤怒を抱いているようだった。ここに集ったナチスの将校どもがきみたちの祖父母たちを殺戮したのだぞ、とでもいう彼の心の声が洩れて来そうだった。

星空が、あちこちで、ドブラー・ノッツ、ドブラー・ノッツ、おやすみなさい……とひびきかわしているようにマサリクは感じた。猛烈に寒くなっていた。

2

その夕べは、どうしてそこに自分が偶然に迷い込んだのだったか記憶が途切れていたが、それはもう黒々とした夕べが忽ち凍夜に変わったようなひどく寒い時刻で、市中のどこの小路だったのか、もうすぐそこに路面電車の停留所があるはずで、そこからが辻公園になって、その曲がり角の闇に装甲車と軍用トラックが沈黙のまま止まっている。装甲車とは物騒だと思いながら、三台のトラックの運転席に眼を上げると、軍服の兵士たちが乗って寛いでいる。早く行け、とでもいうような彼らの顎のシグナルがあった。急いで曲がると、冬枯れした痩せた菩提樹かハンノキのならぶ辻公園が細々と暗闇にのまれ、その左手先遠くに、一列に地べたに点《と》もされた蠟燭の炎が燃え、さまざまに揺れている。蠟のくすぶる匂いが流れている。その方向から人声が低い波のようにうねっているのだった。マサリクはすぐに辻公園のその小径に入った。所々にベンチがあった。地面は霜が降りたのかガチガチに凍っていた。そちらへと急ぐと、蠟燭の数はますます多く重なり合い一緒になって炎をゆらし、蠟燭の燃える臭いが立ち込めている。

急に開けたところに、言うまでもなくローマ・カトリックの教会が見え、その円形前庭の広場に大勢の人々が集まって、その数が舗道の側から小川のながれとでもいうように合流して溜まっていた。マサリクは辻公園の小道の蠟燭の炎の中から、人々が群れている広場に入り、人々の背のうしろに立った。その広場は一段低くなっていた。教会の入り口扉を後ろにして、演壇のような高い木製の台座が据えられていた。その上に棺のような箱が見えた。その高さから、一人の神父らしい人が立って、祈りを捧げているところだった。マサリクは何のこととも分からないが、人々の啜り泣きや押し黙った沈黙、あるいは祈りにあわせる唱和の声から、およそのことが分かった。となりの小柄な婦人にマサリクは声をかけた。ハンカチで鼻をかみながら老婦人は答えた。ポピウシュコ神父さまが殺された。お弔いの祈りですよ。神父ポピウシュコですか。ええ、そうですよ。不覚にもマサリクはこの名前を承知していなかった。

つづいて壇の脇に立った平服の人物が、よく響く声で、激しいことばで演説をした。それからふたたび神父の祈りが始まった。マイクだったので、声は厳寒の夜空にまで響き、地べたに無数の炎を燃やしている蠟燭の辻公園の暗い並木道にまで這って聞こえていくようでさえあった。その声は、マサリクにもくっきりと印象に残ったが、それというのもロシア語の語彙とほぼ違いがなかったからだが、そのことばは、繰り返し、《死はなからん…》という祈りだった。聖書の一節だった。マサリクは川向こうのサスカ・ケンパ地区までタクシーをひろって帰った。助手席に乗ったマサリクがポピウシュコ神父の名を出すと、ドライバーは言った。もう夕刊ワルシャワに載っていたのだ。母なるヴィスワ川にだよ。内務省の跳ね上がりどものさ。

翌日、マサリクはキヨスクで別紙を買って、事件を知ることが出来たが、もう少し知っておくべきだと思い、ナチス・ドイツの将校クラブに案内してくれた商社マンのQ氏に電話をかけた。

おお、マサリクさん。到着そうそう、まあ、そういうことです。実はわたしもちょっと驚いた。いいですか、黒眼鏡将軍の長期の戒厳令は無事にというべきか、矛を収めて一息ついたところに、こういうことが突発する。ヤルゼルスキも火消しにたいへんでしょうさ。戒厳令の発令で、まあ死傷者といっても数えるばかりの犠牲ですんだから、安心してたんだろうがね。ソ連軍の侵攻、国内は同朋同士で内戦の勃発が未然に防げたのは天晴だが。とっくに連帯派は一網打尽にしてぶち込んでおけば、時間稼ぎは出来た。いや、これは、しかし、しばしですよ。必ず過激な民族派はただではすまない。ポピウシュコさんもちょっとやりすぎだったかな。戦う神父、英雄になってしまった。なかなかのものだ。わたしの見立てでは、このままと言うわけにはいかんでしょう。どうおとしまえをつけるか。連帯派が黙っているわけがない。神父殺害ですからね。神の代理人殺害だ。いずれ時が来れば、圧倒的な国民支持の連帯によるポーランド式民主化が日程にあがって来ようというものかな。そう、昨日のポピウシュコ殺害は、新聞等ではまだまだ全容を発表していないようだね。あるたしかな筋から聞いた情報によると、内務省憲兵隊の民族愛国主義者の憲兵大尉によるものだとか。愛国者というのは得てして厄介だ。なにしろ神父ポピウシュコは連帯左派のごとく徹底抗戦の戦う神父ですからね、一憲兵大尉がこれを誅殺してやれと決行しておかしくはない。誘拐して、殺害し、なおかつ、よりによってこれ見よがしに母なるヴィスワ川に遺体を投げたのですからね。軍はヤルゼルスキによって一枚岩で抑えがきくにしても、この内務省の憲兵隊はまた別だ。おお、いいですか、マサリクさん、この電話だって、盗聴されているものと思ってください。いや、わたしは商社マンですから、別に政治的にどうこうということはない。でも、知識人とか学者、芸術家とくれば、盗聴とか監視は避けられない。非政治的人間でいられるものじゃあない。先生は、わずか一年の滞在だから、いわば旅人。ポーランドの政治向きのことになど関心を寄せずに、別の領分で、見るべきもの見て、ショパンや多くのロマン派詩人を生み出したこの国の本質に触れてくださいよ。いや、もう一つ、戦闘的愛国のポピウシュコ神父もいいがね、反体制派とか知識人だけでこの国を知ろうと思わないでください。ただ普通の、そう、市民というより庶民、平凡で貧しい、ポーランド語で言うと、〈ナルド〉、の心映えを知ってください。日本からは、反体制派がどうなっているか、連帯の未来はどうなるかなど、ずいぶんいろいろと進歩的研究者さんらがやって来るが、論文を書くのはいいが、庶民の心が分からぬでは困るんだよね。

Qさんの饒舌ぶりは同じだったが、マサリクにはよく呑み込めた。一年の旅人で知ることなど、ほんの少しだ。日々の暮らし、ことば、そして人々の心にある愛情、あるいは悲嘆。あるいは少数の花咲く乙女たちの青春のたたずまい。そしてポーランドの風と土。要するに風土。草と石。歴史の過去の思い返し。ああ、そうだよ、とQさんが言い足した。ほらワルシャワ大のすぐ隣、あそこの大統領宮殿。すぐじゃないの。ヤルゼルスキの黒眼鏡が律儀に執務をこなしている。旧市街散策のついでに、のぞいてみたらどうかな。ああ、それと、これは朗報だね。作家のユゼフだが、ユーちゃんはこれからグダニスクに回り、まあヴァウェンサの造船所を見物だとさ。それからだよ、何とまあ、バルト海沿岸地方、つまりカシューブ地方を辿って、オドラ・ニセ川の河口つまり東ドイツ国境のシチェチンまで行くそうだ。カシューブと言うと、まるきり言語が違うよ。ポーランド語じゃあない。カシューブ語さ。ちんぷんかんぷん。でもバルト海沿岸地方はいいよ。なんでもユーちゃんは、ほら、ギュンター・グラスっていうドイツ語作家がいるだろ、その「ブリキの太鼓」の作品舞台の町を見たいんだって。ちょっとヤバいですよ。どうしてですか、とマサリクは聞き返した。まあね、得てしてああいう沿岸地方はこみいってる歴史だからね。何が出てくるか分からない。でも、朗報だよ。人が歴史をこしらえるが、歴史は人に修復しがたい裂傷を残す。いわば、聖痕みたいにね。ユーちゃんの狙いはそこさ。

　電話の後、マサリクは改めて思った。神父ポピウシュコが若い屈強な憲兵大尉によって虐殺され、顔も膨れ上がって母なるヴィスワ川に見せしめに投げ入れられた光景。遺体が十字に組んだ朽木に縛られてヴィスワ川を流れて来る。そのような映像がちらと脳裏をかすめた。そのカシューブ地方から海伝いにシチェチンというのなら、もっと凄いだろう。バルトの海がそうさせるのかも分からない。

7章　招待

1

大学のある新世界通りを歩きながら、ふと立ち寄ったひっそりとした小さな古書店で、おお、と思って、こぶりな文庫版の一冊を手に取った。書名は、「空路」だった。マサリクは初めて、ロシアの詩人パステルナークの散文作品集のポーランド語訳《Borys Pastrenak, Drogi《ドゥロギ》 napowietrze《ナポヴィエチシェ》》に出逢ったのだ。文庫本型サイズ、６００ページはある。巻末に記載される目次ですぐに分かったが、パステルナークのロマン《ドクトル・ジヴァゴ》にいたるまでの試行的な短篇はみなすべて入っている。小さなポイントの奥付を見た。出版社はワルシャワの《チテルニク（読者）》とある。部数はと見ると、10290部。おやおや、なんという半端な数だろう。この２９０部という余分な数字を、マサリクはどう理解すべきだったろうか。読者を精密に割り出したうえでの社会主義的計算であろうか。妙にせこい。ここにも部数で熾烈な攻防があったのかな。印刷はクラクフでなされた。一九七二年の第一刷りの一冊だと分かった。

定価は3ズウォティ。マサリクはこれを十倍の値段ですぐに手に入れた。若い店員がマサリクを興味深そうに見つめた。思いがけない出会いにマサリクは嬉しくてならなかった。ポーランド語で若きパステルナークの散文作品を読める。しかもワルシャワで。で、訳者はと見ると、序文も、ポヴェリン・リラックという人である。マサリクにとっては初めて知る名だった。

それから大学のゼミが始まった。小春日和のような日々が続いた。マサリクはほとんど新本に近いそのポーランド語訳本を自由に読めると言うわけでないまでも内容はほぼ飲み込めているので、丁寧にページをめくっていたところ、中に小さな紙片が紛れ込んでいた。それにはブロック体で、ヴェレダ・シフィエジ、と書かれている。ただそれだけなので、どういうことだったのかは分からない。シフィエジ、というのは姓だ。名はヴェレダ。それで、最初の授業で自己紹介がなされたときに、シフィエジ、ドロータです、という小さな声で言ったドロータの名が思い出された。よくある同姓であろうとマサリクは思ったが、リラック博士、ヴェレダ・シフィエジ、ドロータ・シフィエジ、というような連想がごく自然になされて記憶された。まさかあまりにも慎ましい立ち居振る舞いの、夢のように美しい乙女のドロータに、ヴェレダという人を知っていないかなどと問うわけにはいくまい。そしてそのままに忘れ去られた。マサリクも教室で自己紹介をした。そのさいに、自分はロシア詩の研究者で、ボリース・パステルナークが専門です、と言った。そしてさらに、ワルシャワではぼくはロマン派の詩人ユリウシュ・スウォヴァツキを読みたいと思っています、と抱負を述べた。すると一番後ろの席にいたドロータが、詩劇《マリア・スチュアルト》ですか、と言ったのだった。マサリクは吃驚した。いや、せいぜい頑張って、抒情詩だけでも。ゾシャが隣で拍手する真似をした。ドロータははにかんで背の高い体をこごめるようにした。

2

それにしても、妙なことがあるものだ。その小春日和が続いていたある日に、日本学科に連絡があって、リラック博士があなたを招待しますというのだった。リラックさんの自宅マンションの地図が添えられていた。一体、何がどのように伝わっているにしろ、マサリクはそうかと飲み込んだ。文庫本の訳者のリラック氏に会えるのだ。何という幸運だろう。ぼくがパステルナーク研究だということが、それとなく伝わっているなんて不思議でならなかった。まるで気鋭の研究者のようではないか。マサリクは忸怩たる思いではあったが、まあ、成り行きで、と思った。

こうしてまだ小春日和がつづいたある日、マサリクは手書きの地図の紙片を片手にして、路面電車に乗り、足を踏み入れたこともない新しい地区へと、電車を降りてからゆっくりと住所を探して歩いた。ワルシャワは広大だったし、都市にしては田園的でもあり、並木がつづき、建築物といってもほぼ共同住宅だったが、その下階には大きなガラス張りの商店が入って営業していた。迷いながらやっとリラックさんの住居を発見できて、その共同住宅まで階段をあがって案内を乞うと、当のリラックさんがドアを開けてくれたのだった。マサリクはちょっと驚いた。マサリクよりも小柄な老人が杖をついて、にこにこして迎えてくれたのだ。お、来ましたか、来ましたか。リラックさんは齢の頃、まあ七十は過ぎているだろう。溌溂矍鑠《かくしゃく》として声がよく響いた。入口から狭い廊下の両側は書架になっていて本がびっしり並び、手狭な室内は所狭しと小さな矩形で工夫が行き届き、部屋の壁には、二十号はあるだろう額装の油彩画がかかっていた。それは冬のペレデルキノにあるパステルナークのダーチャの絵だった。雪が真っ白なので、リラックさんの室内はなおのこと明るく映えた。

そうだね、ボリース・レオニードヴィチが亡くなる前のことだったかな、とリラックさんが言った。するとそばで、くしゃくしゃの白髪の婦人が、リラック夫人だったのだ、元気よく、がらっぱちな声で、いいえ、もっと前ですよ、ほら、ドクトル・ジヴァゴ事件の頃よ。おお、そうだったね。夫人はしゃしゃりでるようにして、自己紹介をした。わたしはマリーナ・ツヴェターエヴァの研究者です。少し怖そうな女性だった。で、さて居間に入ると、何と言うことだろう、もう客人が集まっていて、それぞれが持参した品物をひろげて品定めしているところだった。やがてお茶が出た。さらに参加者が現れた。

合間にマサリクはリラックさんに腕をとられて、ヴェランダのガラス戸の前の椅子に二人で腰掛けてお茶をいただいた。彼が説明してくれた。いいかね、マサリク、これは、バザーなんだよ。ほら、連帯左派がみな地下に潜っている。大変生活が苦しい、そこで、このように品物を持ち寄って資金をこしらえ、それを彼らに届けるわけだ。配給チケットだってかき集める。これが連帯の意味でしょう。連中だって、むやみに殺したりしない。そういった分断や憎悪は、連中とて、将来のことを考えれば、得策だとは思っていない。勝ち馬は何か。そこもね、考えて。ポーランドの行く末を思えば、だれしも愛情をもちますが、盲目的な愛国心は悪ですよ。なあに、わたしたちの人脈は一筋縄ではいかないのです。ポーランドのこれまでなめた辛酸を思えば、白黒でくっきりと分断できない。急ぎません。ゆっくりと犠牲を最小限にして、前進します。ソ連支配下のポーランド人民共和国ですが、性急に民族主義に走ればどうなるか、だれもが知っているのです。知識人とか芸術家に今できることは、性急な民族主義、ポーランド愛国主義の仕事ではありません。そう、ボリース・レオニードヴィチのような懐の深い愛です。国家ではなく、その大地への愛です。それにはずいぶん時間がかかる。

マサリクはリラックさんのポーランド語が全部わかったわけでないが、分かった気になった。おりおり、リラックさんは流暢なロシア語で歌うように言いなおしてくれた。ほら、見てください。あの白くて高いビルは何だと思いますか。たしかに、辻公園の並木越しに巨大な白い高層ビルが空を領して輝いている。

ね、あれは恐るべき内務省です。で、どうですか、灯台下暗しと言うが、ここで、このようにいかにもささやかですが、地下に潜った連帯左派を救援するバザーを催しているわけです。おやおや、ほらまたずいぶんたくさんの絵画が集まった。

マサリクはベランダで煙草を吸わせてもらった。あの窓からこっちが丸見えではないのだろうか。中に戻るとにぎやかだった。品々が骨董市のように広げられ、品定めがなされていた。特に、薔薇の花の油絵は、人気ですよ。カンパのお金が勘定された。で、さて、どうやって地下に届けるか。用心に用心を重ね、たとえば、尾行を巻くために、ワルシャワ全市をぐるぐる走る。車も途中で乗り換える。そして着いた所が、何と出発した場所のすぐ近くであるとか。リラックさんは愉快そうだった。いいですか、ここにはもちろん内務省《エメヌヴ》のお役人だっていると思いなさい。つまり、われらは一筋縄で生きているのではない。よりよく生き延びる。良心は失わずに。命は失わずに。欲張りにね。文学の検閲と同じようにね。楽天主義。愛することが楽にできるようにね。

それとなく自分にも引き寄せながら、帰り道、埃っぽい路面電車に揺られながら、マサリクは思った。あとで、リラックさんから手紙が届いた。手紙の差出人のアドレスも名も、あまりにも小さな字で、ルーペでないと、面倒くさくなって判読したくなくなるだろう。それも封筒の天辺に、文字というよりも判読不能な記号のようにだった。

8章　慕情

1

おお、初めてのバルト海、見よ、Morze《モジェ》 Baltyckie《バウティツキェ》——心の中で暗い嘆声がひびき、その二人、ルイザとマサリクはもう日が落ちた直後の残照杳《くら》い松林のなかを歩いていた。マサリクは海側、ルイザは左側を、そして松林の道は散歩道としてできてはいたが、荒れて土が抉《えぐ》れ、海側は土塁のように残土と瓦礫がうずたかく、左のルイザの半身には夕べのぬくもりが少し残り、倒木が片付けられずにあちこちに残されていた。

どす黒い暗緑色の海から風はないのに、連なった黒松の、バルト海の風雪によって矮化されたとでもいうような黒く頑強な松たちが黒い騎士団とでもいうように続く。道は中心部が低く窪んでいて、海側を行くマサリクにはバルト海の波が押し寄せてくるのが眼前のように見えるのだった。それは海だというよりも、右手一面に黒土の大地が盛り上がって動いているように見えるのだが、波に白い穂はなく、巨大な最北の初めての海だったのだ。間近に感じられた遠く水平線上に一艘の船舶の影が浮かんでいるが、あれは軍用艦の棺のようでさえあった。日はもう沈んだ。

一日は無事に終わったのだ。二人は少しも沈黙して歩いていたわけではなかった。ポーランド語だと不便だったので、もちろん、マサリクはロシア語に変え、言うまでもなくルイザは流麗なロシア語で話しているのだった。この夕べのバルト海の海辺の松林の中を、微風に似た松籟《しょうらい》にあやされるようにして、二人の、いわば異邦人同士の、しかもどちらも母語ではないロシア語で、こもごも、聞き取れたり、聞き返しては立ち止まり、眼を見つめたりしながら、話しつづけているのだった。大げさだが、生涯初めてのバルト海に聞き耳を立てられながら、それも人っ子ひとり行き会わないこの逍遥道で話すというような奇跡は二度とないことなのだとマサリクは思っていた。ただ一度、むこうからうつむき加減で腕を組んで歩いてくる老夫婦に出会った。もう人生の終わりに到着した老夫婦だった。ルイザがポーランド語で挨拶を送った。向こうは二人とも悲しげだった。もしこのルイザが腕をそっと組んでいたなら、とマサリクは思わずにいられなかった。そうであれば、こちらもまた孤独ではない二人に見えるだろう。老夫妻はその方が安心を覚えたにちがいなかった。そして、とマサリクは不必要な先走った思いをふと思い浮かべた。何十年も過ぎ去れば、この若々しく聡明で面倒見のいいルイザ・ラウェンスカもまた、このようにして松林の逍遥をしているのであろうか。波を繰り返し浜辺に打ち寄せているこの巨大なバルト海が、突然、永遠不滅の青黒い時間の堆積のようにマサリクは感じたのだった。マサリクはこのバルト海のただ一隅にすぎない視界のはるか先に、バルト海沿岸地方の様々な文化が咲き誇っているのだと分かってはいても、その先は少しも想像できなかった。ただ、まるでこの先がないというような絶望感、閉塞感の虚無が、海の黒土となって盛り上がっているのだった。そうだな、この聡明なルイザにはこのような風土が当たり前なのだ。美しい夏だってある。過酷な冬だってある。そしてそれを生き抜かなければならない運命がある。旅人の感傷に過ぎないのだ。

今日は、無事にマサリクの講演も終わった。こうして助手のルイザといま、彼女の家へと夕べの招待を受けて行くところだった。マサリクは今日の講演が終わったことで、もう心身がほとんど空虚だった。切れ切れながら、歩きながらルイザと話の穂をつなぎながらも、マサリクは講演までの一日を思い返していた。すべては過ぎ去るし、もう過ぎ去ったのだから、それでいい。成り行きで過去を創ったのだ。

マサリクが大学の所在市のグダニスク駅に、快適な特急列車に乗って到着してプラットホームに立っていると、向こうから手を振って急ぎ足で迎えに来てくれたのがルイザ・ラウェンスカだった。アカデミックポストにある研究者というよりは、まだ大学院生のような若々しさ、しかも何という出迎えだろう、彼女は駅前の花屋で見つけたと言い、質素な紙にくるんだジャスミンの花束をマサリクに差し伸べた。その瞬間、彼女はジャスミンの花の香りに変身したかのようだった。定刻通りでしたね。はい、途中、珍しい、蒸気機関車で走っている列車と出会いました。ああ、そうですね。支線にはまだ石炭ロコモティヴァが元気で走っています。煙が善かった。雲みたいだったです。エルブロンク行きの貨物列車でしょう。満席だったでしょう。はい。窓側の席がとれたので、読みの練習をずうっとしましたよ。隣の乗客から聞かれました。講演です、と答えたら、びっくりして、喜んでくれました。練習？　おやおや。疲れていないですか、プロフェッソル・マサリク。大丈夫ですよ。あなたの国のポーランド語でやるのですから、緊張します。

二人はあわただしくほとんど走るとでもいうように、グダニスク発着駅を抜け、駅の前にある二階建ての小柄で親和的なホテルに着いた。旅費も宿泊代もみな大学もちだった。ルイザがすべてを手配してくれていた。ホテルのフロントで手荷物を預かってもらい、喫茶部でお茶を一杯飲む余裕もなく、直ちに大学へ向かった。日は輝き、青空には雲が浮かび、さて、大学へ向かったが、大学は平地にあるのではなかった。小高い丘の上だったので、そこまでゆっくり登るだけで汗ばむくらいだった。登るにつれて、グダニスクの市街全景が眺望され、初めてのバルト海が紺碧とダークグリーンの色彩を反射させて、まるで南国とでもいうようだった。坂道は、登山道のようにつくられていて、両側に花壇がしつらえられ、追い越しながら学生たちが鳥のことばを早口で言い、おしゃべりしながら駆け上って行くのだった。

2

いま、ルイザと並んで、日が暮れた松林のなかを歩きながら、冷や汗が出るように一日が思い出されてならなかった。そのような悔いを、ルイザに言ってみたところで、どうにもならない。

それから校舎に入ると、掲示板があって、マサリクの名が書かれ、ロシアの詩人パステルナークについての講演会、という手書きポスターが貼ってあったのだ。ルイザは時計を見た。もう直接に講演会場の教室へ急がなくてはならなかった。そして五十人教室へ二人は駆け込んだ。おお、もう、教室には聴講の先生たちが前列に集まるようにして掛けていた。うしろには女子学生たちが十人ばかりだった。マサリクはほっとした。全部で二十人なら、これはどうにかなる。

そして始まりだった。ルイザによる紹介のスピーチがあって、前席に着席していたマサリクが立ち上がり、みなに向かって一礼し、教壇に立った。用意して来た講演原稿を教卓に広げ、深呼吸を六回ゆっくり繰り返した。長いな、とマサリクは意識した。その眼で、ちらと右手に掛けていた銀髪の女性に思わず眼がいった。眼がおもしろそうに観察しているようだった。とっさに、マサリクは悟った。彼女が学部長のシヴェルスカ教授だ。さあ、講演原稿は出来ている。あとは淡々と音読するだけなのだ。しかし、どこに向かって語りかけるべきか。その人が定まらないでは、声は宙に浮く。おまえはだれに語り掛けたいのか。マサリクは正面を向きながらも、声はシヴェルスカ教授にだ。そうと決まればもう迷いはない。最初の発声が低い調子で出てさえいれば、無理なく声は流れ出す。

マサリクは生まれて初めて、いや、生涯で初めて、ポーランド語のことばで物語るのだ。第一声が生まれるともうすべてが決まったと同じだった。そして読みだした。読み出しながらもことばの意味は次第に後方に消えて行くのだった。肉声だけが自分にも響く。講演のタイトルは「詩人の運命」だった。

　内容はすべてわきまえていた。結論から言うと、詩人パステルナークの運命の特徴についてだった。いや、運命の詩人、と言い換えていいのかも知れなかった。出席している人々はみなロシア文学関係の専門家なのだ。なんだ、そんな話かと失望するだろうが、それでいいのだ、研究論文ではないのだ。特別に新しい発見を語るのではない。そうとも、ここは自分が一冬苦労して、あなたがたの母語ポーランド語で発表する試みをしたことだけが重要なのだ。聞いている人たちの表情は退屈してはいなかったし、顰蹙を買っているようでもなかった。異様なポーランド語の響きがかえって新しく思われたのではないかと、そう思うゆとりはなかったが、読むうちに楽しくなった。自分のポーランド語の文章がどのように朗読されるのか、耳を澄ませているのが感じ取れた。これはひょっとして行けるかもしれない。マサリクは抑揚も速度も、ちょうど段落が来るとギヤチェンジのように変えた。そしていきなり飛躍とも思われようが、原稿は、スターリンとの会話に触れた。これは今まで何度も謎解きしたことだったので、余裕があった。詩人マンデリシュタームを逮捕すべきかどうかの含みで、いきなりスターリンからかかって来た電話の応答についての解釈だった。友を裏切るのか、という含みがスターリンのことばには聞き取れた。自分とは違う詩人です、とパステルナークは答えたからだった。それからパステルナークはスターリンに大慌てでとでもいうように、いいえ、今度、死と生について二人で話したいとパステルナークはスターリンに言った。スターリンの電話は切れた。スターリンをグルジアの山猿と揶揄した詩を人々の集まりで朗読したマンデリシュタームが密告された。スターリンはその処遇についていきなりパステルナークに電話で問いかけたのだった。結果はマンデリシュタームはシベリアの強制労働ラーゲリへは送られずに、その前段階の処置、つまりモスクワ追放、ヴォロネジへの流刑にとどめられた。このような流刑は、当地で自力で仕事をさがして生活することだった。パステルナークがマンデリシュタームを売ったのだというようなデマが流れた。パステルナークはその誤解を解くために必死で駆け回った。マサリクが問題にしたのは、スターリンとの電話対応で、死と生について今度話し合いたいと提起したパステルナークの真意についてだった。パステルナーク的な迂遠な言い方ではあるが、その本意をスターリンはただちに理解したのだ。だからいきなり電話を切った。権力者と詩人の対決だった。マサリクの講演は、人の命について根源的な対話をスターリンに求めたということだった。もちろん、すでに知識人粛清の前夜にあって、パステルナーク自身、いつ自分が逮捕されて粛清されるか、覚悟はできている状況にあった。死をいかようにもつかさどる権力の洞窟にあるスターリンに対して、命について根源的に語り合いたいという提案は、詩人の良心の結論だった。

多少論旨はごたついていたが、ゾシャのおかげで、もっと単純化できて、分かりやすかった。このギヤチェンジがなされると、聞き手の空気が変わったように感じられたのだった。詩人の運命というのは、命を創造していくその運命の詩人になるということだった。どのような情況であれ、最後の最後まで生きることが運命なのだ。しかし現実には、スターリンの知識人粛清によってほとんどの詩人作家は殺された。パステルナークは奇跡的に生き延びた。これは本当にスターリンによる贔屓によることだったのか。パステルナークの詩人の使命について、スターリンが根源的に認めていたからというべきだろう。そうマサリクは述べた。過酷な革命の壮大な実験国家、ソヴィエト歴史は厖大な死の王国であったし、そうでなければソヴィエト国家はあり得なかっただろう。そのような歴史において、命についての哲学の一片もないとしたら、そして強大な政治の歴史だけだとしたら、一体歴史とは何だろうか。スターリンは権力者のみに固有ないわば古代以来の魔術師の予言を信じるように、パステルナークといういわば比喩的に言えば痴愚行者のような詩人に、厖大な死の歴史を、生の希望によってささえてくれるようなのちの世の、まことのことばによる記述者を、直感的に、いや、意図的に見通していたのではないだろうか。そこに触れると、聞き手の中で何かが動いた。ひょっとしたら、現在のポーランドの政治状況と文学芸術、あるいは人生の意味について、あるいは国家の罪について、賛否両面の思いが浮かんだのかも分からなかった。

複文ではなく、ひたすら単文で重ねられた原稿をこうして朗読しながら、最後に近づくと、マサリクは高揚から覚めるように、ふっと、自分の話していることが空恐ろしく思われた瞬間が生まれた。それは、「われわれは生きる時代を自分では選べません。所与を生きることがすべてです……」云々と読んだ瞬間、マサリクは、シヴェルスカ先生の視線にふっと眼がいった。パステルナークの運命は、まさに年輩のシヴェルスカ先生にも同時代の残像があるとすれば、マサリクはまったく能天気に、希望を語ったことになると思ったからだった。

そして最後のまとめにもと、用意してあったパステルナークの本当の初期の初々しい詩「発着駅」を、ロシア語で朗読した。マサリクが好きな詩の一つだった。

しばしば　そばにならんで坐るやいなや――
それで最後　ぼくは身をかがめ　そして身を引き離したもの
さようなら　もう時間だ　ぼくのよろこび！
今すぐ跳び降りますから　車掌さん

そして　見よ　もはやたそがれはこらえきれず
見よ　はやくも煙のあとから
野辺と風は引き離されてゆく
おお　ぼくもまたそれらのうちの一人でありたいのに！

そして、ご清聴に感謝しますと締めくくった。心優しい拍手が起こった。マサリクは、身をこごめるようにして、その拍手に接吻をする気持ちだった。あがった。もちろん、そのあとに質問が予定されていた。予期せぬ質問だったら万事休すだった。しかし、それは後ろに掛けていた女子学生から投げかけられた。パン・プロフェッソル・マサリク、あなたはどうしてロシア語ではなくわたしたちのポーランド語で発表したのですか。彼女はどこかドロータに似ていた。無垢な笑みをたたえていた。

マサリクはシヴェルスカ先生の方をちらと見た。彼女もまたそっと笑みを浮かべている。とっさのことで、マサリクは答えた。シヴェルスカ先生から講演依頼の電話をもらいました。そのとき、何語でやりますかと訊かれたので、とっさに、ポーランド語で、と答えてしまったからです。だから、一冬ポーランド語の文法で大変でした。あちこちに小さく笑いが聞こえた。

無事におわって、さあ、学部長室でお祝いのお茶会ですよ、とルイザに案内されて、マサリクは学部長室に入った。もうみんなが集まって、テーブルにお茶とお菓子をならべていた。テーブルを囲んで立食のお茶だった。不思議なことに全員女性ばかりだった。シヴェルスカさんが短いスピーチをした。そのあと、マサリクのそばにやって来て、見つめ、軽く抱きしめる所作をしながら、〈なんて愛らしいポーランド語だったでしょう〉、そう言い、また場所を移した。

マサリクはこれをどう理解すべきか一瞬迷った。

もちろん、そのまま、愛らしいポーランド語《ポルシュチズナ》とは、ようするに子供らしいポーランド語だということだと理解したが、そのことばが思いがけない喜びと満足になった。子供がおもちゃを組み立てたような文章だったか。しかし愛らしいポーランド語なのだ。マサリクは頬を上気させながら、みなと一緒に紅茶を飲んだ。みな次の授業が待っていて、しばらくして散会となった。シヴェルスカ先生がルイザにお願いしますよと言った。マサリクはルイザに導かれ、ホテルには寄らずに、ルイザ・ラウェンスカの自宅まで行くことになった。彼女が手作りの御馳走でねぎらってくれるのだ。夕暮れに隣町のソポトまで電車に乗り、明るく寂しい駅から、海岸に出て、バルト海の風を感じ、松林の道を歩き出した。

〈愛らしいポーランド語〉というのは、どういう意味でしょうか、とマサリクはルイザにそれとなく問いかけた。シヴェルスカ先生はほめてくれたんですか。それとも……。ルイザは笑った。〈ミーワ〉は、かわいらしい、優しい、という意味です。で、どういう意味でしょうか。そういう意味ですよ。ルイザはちょっと歩みを遅くして言った。先生はとても過酷な運命を乗り越えた方です。その先生が、言ったのですから、その通りです。ミーワというのは、愛ということです。
松林が明るくなった。

3

屈強な黒い松たちは明らかに矮化した針葉樹として整列し、海岸を防衛し、その間隙にバルト海の波が寄せて来てはゆっくりと盛り上がって、またやってくるその音がひっそり聞こえていた。マサリクは左側にルイザの呼吸とポーランド語、あるいはロシア語で説明が添えられていて、マサリクに分かるようにと、ね、そうでしょ、という語末の措辞が聞こえ、ええ、はい、分かります、とマサリクが答え、そして彼には、すぐかたわらの少しだけ歩みが先になる彼女の影のような容姿が、まるで人というよりはソポトの寂しい夕べの駅舎脇に咲いていた真っ白いライラックの花房の花束であるように感じられてならなかった。あるいはポーランドの香水の香りだったのか。この奇妙な感覚はライラックの花房にこちらが返事をし、また聞き返していて、自分がここにいることが幻のようなことだとさえ思われるのだった。実際には、ルイザは麦色の髪を後ろでまとめて巻きあげ、琥珀の輪で留められているらしかった。マサリクより少し上背があって、ほっそりとした体形なのに、骨格はしっかりして、まるでまだ少年のようにさえ見えるのだ。パンタロンは海色のジーンズで、自ら工夫したにちがいない花の刺繍が裾にあるのが眼についた。まだ寒いので肩には幅広のスカーフをかけていた。マサリクは彼女のポーランド語のひびきを耳にし、そうですね、はい、などと相槌を打ちながら、バルト海の波が松の木々の間に等間隔に、まるで窓の外に海があるとでもいうように見ながら歩みを彼女に合わせ、これは面白い地形になっているのだな、ここまでがずっと昔はきっと渚だったにちがいないし、というのも左手の混乱したような背の高い若葉がもう黒ずんだ雑木林の上は、高い土塁のように頑丈な、言わば崖になっていると分かったからだった。つまり、この左手の土塁の下まで、おそらくいつの時代までかバルト海の波が寄せて来ていて、そのような海進がいつの間にか後退して、このような土塁状の崖が残されたのだろうか。

あたりは次第に暮れなずんで、海色と同じ暗さになっていた。松林がやや途切れて間隔が広がったところで、そこは道が左側へと曲るあたりで、突然、バルト海の広々とした海面がもりあがるように濡れ、動き、波が白い穂先を広げて、砂の渚へと押し寄せてくるのが見え出した。その暗い先が砂浜になって低地なのだ。マサリクはルイザの声に相槌を打ちながらも、同時に、シヴェルスカ先生の人生のことが意識を去らずにいた。しかし、事細かにそれをルイザに訊くのも控えられた。慎み深い彼女に訊くわけにいかないのだ。ナチスの絶滅収容所から奇跡的に逃亡出来た人だとは……。マサリクの理解では想像を絶することだった。そうだ、ずっと若かったのだ。少女だったのだ。そう言えば、シヴェルスカ先生は、セピア写真の色に似た瞳だった。愛らしいポーランド語か……。その原義が、〈愛〉にあるとルイザは言ってくれたが、とマサリクは思いつつ、歩いていたのだった。つまり、とマサリクは不意に飛躍して思い当たった。それは収容所の鉄条網の下をくぐりぬけたにちがいない少女の〈愛〉だった。その姿だった。そのいのちへの愛だった。その愛らしさだった。その愛しさだった。その必死な心だった。未曽有の出来事の死を越えて来た人の、なんというべきだろうか、憐憫とでも言うべき心だったろうか。このような人との、このようなただ一度の出会いこそが、奇跡にちがいない。そして自分のような異邦人のポーランド語に〈愛〉を、愛おしさを感じ取ってくれたのだ。この瞬間、実にマサリクは反省的だった。無限の砂粒の中のただ一粒だという思いにとらえられたのだった。

　パン・マサリク、もうすぐよ、とルイザの声が、真っ白いライラックの花房の声が聞こえたように思った瞬間、マサリクは思った。自分はこのようにただ一粒の砂、ただひと年の旅人に過ぎない、いまこの瞬間、ともに在るこのテレサは、この人は、まさにこの地に生きる。そしてこのバルト海の岸辺に、どこからか運命によって打ち上げられた人なのだ。その運命の使命がどのようなことなのか、誰も知らない。彼女自身だってそれがなんであるかは明瞭に知ってはいまい。この思いは、眩暈がするくらい遥かな思いだった。どのような歴史のノアの箱船が沈没し、投げ出され、そして奇跡的に岸辺に打ち上げられたのか。そうだ、ライラックの早咲きの真っ白い花房のようにこの岸辺に。そして歴史の波が彼女を洗っているのだ。道の先に砂浜がぼうと白く浮かび、波が消音して渚を洗っていた。

ええ、わたしはバルト海を愛しています、という声がすぐ耳元で大きく聞こえた。さあ、もうすぐ。ルイザの声が明るんだ。松林の奥はまだまだ先が続き、その奥はもうすっかり闇に包まれ、潮騒の音が暗い音楽を奏でているのだった。

左へ道を曲がると土塁上へと急な坂道があり、その奥にちらちらと住宅の灯りが灯っている。さあ、着きました。わたしたちはここにいる、というふうにポーランド語は言うのだった。ここですよ。ルイザが先に立ち、玄関の扉に向かって背をこごめた。ほら、用心に、二重に鍵がかけてあるのですよ。つまり、ドアが二重にしてある。そう言って振り向き、笑い、玄関に灯りが灯った。ルイザのこの戸建ての、海辺のダーチャのような小ぶりな平屋は木々に囲まれ、周りにはほかに、ぽつんぽつんと同じような家が建ち、その向こうがささやかな郊外の街のようだった。

4

ふたたびわたしたちは会うことがあるだろうか、マサリクは長い一日の終わりを、駅前の瀟洒なホテルの一階の、大きな鏡のあるその脇の一室のベッドに身を投げ出し、夢うつつにも、一日の細部を思い出しながら、ときに眠りに落ち、ふたたびバルト海の波で岸辺に打ち上げられたように思って目覚めては、あれもこれもと、歳月や時間の前後が少しも直線的でなく、心象によって時間も歳月も、一度に数十ページもページをめくったように、ふと気が付くともう数十年もが一瞬で、その結果ここに在るように思われて、いや、いま自分は一体どこにいるのだろう、どこで生きているのかと、混乱と言うのではないまでも、自分を見失うような感覚に浮かんでいるのだった。グダニスクの発着駅はもう動いていないのだろうか、それでも待避線で蒸気機関車がどこかの支線へ向かうところだというように汽笛が泣いている。

マサリクは夢のように思い出していた。

講演が終わり、紅茶とケーキの懇親が終わったあと、ルイザに導かれ、大学の会計課の窓口に行き、ワルシャワ・グダニスク間の往復旅費、それと、講演料の支払いを受けた。とても簡単だった。マサリクがサインすると、すぐに相当分の紙幣と硬貨が手渡された。会計課の婦人が、あなたが日本から来た講演者かというような笑みを浮かべていた。マサリクはお礼を述べた。

それからソポトまで電車に乗ったのだったな。ああ、それから松林の逍遥だった。そこまで改めて思い出すと、眠気のため、瞼の裏がバルト海の波の暗さになるのだった。黒松の堅いかさぶた、屈強な幹の手ごたえが手に跳ね返るのだ。その木々に海があふれてくる。遠くには巨大な艦船が浮かんでいるが、隣のルイザが、いいえ、あれは生きてはいません、記念品よと言うのだった。記念品というのは、戦争の形見ということだろう。その死んだ艦船の上に低く、暗い星が見えていた。

刊行案内

No. 58

（本案内の価格表示は全て本体価格
ご検討の際には税を加えてお考え下

ご注文はなるべくお近くの書店にお願い致し
小社への直接ご注文の場合は、著者名・書名
数および住所・氏名・電話番号をご明記の上
体価格に税を加えてお送りください。
郵便振替　00130-4-653627 です。
（電話での宅配も承ります）
（年齢枠を超えて柔軟な感受性に訴える
「８歳から８０歳までの子どものための」
読み物にはタイトルに＊を添えました。ご検
際に、お役立てください）
ISBN コードは 13 桁に対応しております。
総合図書目

未知谷
Publisher Michitani

〒101-0064　東京都千代田区神田猿楽町 2-5-9
Tel. 03-5281-3751　Fax. 03-5281-3752
http://www.michitani.com

リルケの往復書簡集二種完結

「詩人」「女性」からリルケ宛の手紙は本邦初訳

き詩人への手紙

詩人F・X・カプスからの手紙11通を含む

ナー・マリア・リルケ、フランツ・クサーファー・カプス著
ーリッヒ・ウングラウプ編／安家達也訳

208頁 2000円
978-4-89642-664-9

き女性への手紙

女性リザ・ハイゼからの手紙16通を含む

ナー・マリア・リルケ、リザ・ハイゼ 著 ／ 安家達也 訳

176頁 2000円
978-4-89642-722-6

8歳から80歳までの **岩田道夫の世界** 子どものためのメルヘン

田道夫作品集 ミクロコスモス ＊

フルカラー A4 判並製 256頁 7273円
978-4-89642-685-4

は天才だよ、作品が残る。生きた証も人柄も全てそこにある。
はそれでいいんだ。」（佐藤さとる氏による追悼の言葉）

のない海＊

192頁 1900円
978-4-89642-651-9

靴を穿いたテーブル＊

200頁 2000円
978-4-89642-641-0

走れテーブル！ 全37篇＋ぷねうま画廊ペン画8頁添

楽の町のレとミとラ＊

144頁 1500円
978-4-89642-632-8

レの町でレとミとラが活躍するシュールな20篇。挿絵36点。

ファおじさん物語 春と夏＊

978-4-89642-603-8 192頁 1800円

ファおじさん物語 秋と冬＊

978-4-89642-604-5 224頁 2000円

らあらあらあ 雲の教室＊

ュールなエスプリが冴える！ **連作掌篇集 全45篇**

下に出ている椅子は校長先生なの？ 苦手なはずの英語しか喋れない？ 空
ら成績の悪い答案で出来た紙飛行機が攻めてくる！ 給食のおばさんの鼻歌
いろんな音に繋がって、教室では皆が「らあらあらあ」と笑い出し……

192頁 2000円
978-4-89642-611-3

ふくふくふくシリーズ フルカラー64頁 各1000円

ふくふくふく **水たまり＊** 978-4-89642-595-6

ふくふくふく **影の散歩＊** 978-4-89642-596-3

ふくふくふく **不思議の犬＊** 978-4-89642-597-0

ふくふく 犬くん きみは一体何なんだい？ ボクは ほんとはきっと 風かなにかだと思うよ

イーム・ノームと森の仲間たち＊

128頁 1500円 978-4-89642-584-0

イーム・ノームはすぐれた友だちのザザ・ラパンと恥ずかしがり屋のミーメ嬢、そして森の仲間たちと毎日楽しく暮らしています。イームはなにしろ忘れっぽいので お話しできるのはここに書き記した9つの物語だけです。「友を愛し、善良であれ」という言葉を作者は大切にしていました。読者のみなさんもこの物語をきっと楽しんでくださることと思います。

それから二人はもうルイザの家の居間にくつろいでいた。その居間はどこかで来たことのあるような一室だった。とても質素だった。どこ一つとってもなげやりなところのない構成だった。緑のソファーがあった。ベランダの窓際に置かれ、鉢植えがならんでいる。観葉植物だった。さらに小卓。そこの花瓶に、薔薇の花がさしてあった。ああ、やはり、薔薇の花だとマサリクは分かったように思った。ルイザは石奥のキッチンに立って、お祝いの御馳走を用意している。その姿に、こちらの壁にかけてあったマリアのイコンが重なった。マサリクが恐縮しながら掛けているテーブルに用意のできた手料理が運ばれて来た。マサリクは小さくなっていた。松林の歩行時のように自由感がなかった。見知らない場所に入り込んでしまったのだ。子供時代の感覚に似ていた。室内に人見知りというのも奇妙だったが、やはり、これは人見知りに違いなかった。できるだけ室内の事物を見ないようにするのだった。壁の書架さえ見ないようにして、うつむき加減だった。

白いテーブルクロスには唐草模様が織り込められ、手でさわると手触りが好ましかった。あたたかだった。その上に皿がならび、栓をぬいたワイン。グルジア・ワインだ。そう、ピロスマニです。あたためられたスープは黄土色した泥のようなスープ。揚げたばかりの平べったい大きなカツレツは鳥肉だった。野菜サラダは大皿にこんもり。高価なレモンが一個輝く。こうして語らいながら手料理をいただいている。ルイザはワインを美味しそうに飲み干した。ルイザの乾杯のことばは、よくあるように、百年を！　ということばだった。百歳の長寿を祈るということだった。いまマサリクは夢うつつに、切れ切れに思い出し、そして次々におのずと記憶のほうが、すべて一日が過ぎ去って、終わってしまったというのに、もっと忘れていることがないかと見まわし、いや、決して何も過ぎ去りはしないのだとでも言わんばかりに、いくらでも事象が浮かんでは漂着するのだった。そしてそれを運んでいるのは暗くて重いバルト海の波だった。

わたしたちはずいぶん多くのことを話した、とマサリクは思っていた。実際にずいぶんたくさんのことが話題になったのだが、はたしてそのうち何割がマサリクの理解に入ったものかどうか。マサリクは話し手というより、聞き役だったのだ。マサリクが分かっていないないと思うと、すぐにルイザは、ロシア語にしましょうね、と言った。そうすると、ピロスマニのワインの力で、マサリクは文法をはみだしてしまったようにことばが次々に出て来て、よく夢で自在にことばを操っているようにマサリクは自由になり、解放感に襲われるのだった。生きていることはいくらでも喋ることなんだ。しかしどうして、いくらピロスマニのほろ酔い気分に浮かんでいたとしても、ルイザ・ラウェンスカに、彼女の人生について聞くことが出来ようか。

ルイザは突然のように、教皇ヨハネ・パウロ二世がポーランドに帰還したときの感銘を、涙を浮かべたような瞳で言った。マサリクはびっくりした。いいですか、パン・マサリク、わたしたちはただ枯死にするのではありません、わたしたちは復活するのですよ。ルイザの文脈から察すれば、連帯の未来のことだったろう。ヨハネ・パウロ二世が敢然として故国ポーランドを訪問し、ポーランドの国民を励ましたのだ。ルイザは心持ち涙さえ浮かべている。気持ちが高ぶったのだ。ワインはもう十分に飲んでいた。マサリクにはどう答えていいか分からなかった。この慎ましい、バルト海の波が聞こえる小さな、ゆったりと落ち着いた、しかし用心のために二重の玄関扉のあるそれなりの住まいで、ただ一人ルイザは世界の孤独をこらえているのだ。ただ一人で。バルト海の水平線に向かって立ちすくんでいるのだ。

マサリクは眠りの底にゆっくりと沈んでいきながら、そのときはもうルイザの家を辞して、パン・マサリク、いいですか、ここからあちらの通りにでて、左に曲がってまっすぐですからね、まだ電車はあります、そうルイザが言い、もう二度とわたしたちが会うことはないでしょうとでもいうような微笑を湛え、マサリクが道に迷わないように励ましたのだ。ほんとうに夜は暗く、あちこちに蠟燭のような灯りが、まばらな家々の窓に見えるだけだった。マサリクはワインで酔いが回っていた。さようなら！

テレサの声が隠れてしまったあと、急に思いついたのだ、近道があるじゃないか、そう判断して、左の曲がり角から、草に覆われた土塁の上の道へと登ってみると、夕暮れに二人で歩いてきた松林の道がずっと下にあって、歩くうちに次第に明るさが増してくる。ああ、これはどこかで一度あったと同じようなことではないかと、この土塁の道が、途方もない遥かな北のバルト海だというのに、懐かしく思われ、歌をうたうような気持ちで、酔いにゆれながら、足を引きずり、やがて橙色にぽっかりと明るんだ小さな駅舎が見え出した。明るい車輛は路面電車みたいだった。すでにエンジンを響かせている。マサリクはすぐに切符を買い求め、転がり込むように席についた。電車はほとんど乗客もなく走り出した。この電車が夢の中を走っているようだった。

マサリクはルイザ・ラウェンスカが優秀なソヴィエト詩の研究者なことは聞いていたが、詳しく尋ねることはしなかった。別れしな、彼女は出会いの記念にもと、書棚から一冊の、A版の大きめの一冊を取り出し、ページに献辞を書き、マサリクに差し出した。彼女の博士論文のモノグラフィーだったのだ。黒地に黄色の稲妻のジグザグが入った装幀には、《ニコライ・アセーエフの詩的言語》というタイトルが印字されていた。別れ際になって気が付いたのだ。マサリクは自分の講演の主旨が、それならはっきりと彼女に伝わったに違いないと思い、献辞を記している彼女の左手を見つめた。

電車に激しく揺られ、マサリクは、うん、あれは何年だったかなあ、もう十数年も前だったのではないか、アセーエフの詩的散文の「明日」という作品を翻訳したことを思い出していた。フレーブニコフの詩原理、そしてマヤコフスキーの盟友として《レフ》に加わり、そして、そうとも、ロシア・フトゥリズムの詩人としては奇跡的に粛清期を生き延び、最後まで詩人パステルナークの運命に共感してくれた稀有な一人だ。そうだ、若いパステルナークが心を寄せたウクライナのハリコフ、ハリコフの田舎のクラスナヤ・ポリャーナの地主の娘、マリア・シニャコーヴァ、青い花、そうだ、彼女の姉のオクサーナがアセーエフの生涯を支え通した。まあ、ポーランドの地主貴族といったところだったのではないか。

電車に激しく揺られながら、マサリクはおぼろながら思い出し、それをルイザに重ね合わせ、どうして彼女は、いや、あのシヴェルスカさんも、よりによってこのポーランドで、ロシア文学・ソヴィエト文学の研究者となったのだろうか。そうだ、リラックさんだって同じだ。世代だって同じだ。これはなぜだ。ポーランドの歴史から考えると、革命ロシアの結果としてのソヴィエト・ロシアは憎み忌避すべき対象ではなかったのか。しかし、これはやはり、愛と言うべきだろう。政治イデオロギーではない。与えられた母国とその時代の体制の中で、個にできる限りの命を使い切ること。体制も厖大な死も、越えようとして生きた。その記録が、彼らの詩や文学だったとすれば、これはロシアであろうがポーランドであろうが、言語の美と芸術は差別化されてはなるまい。

いま、グダニスクの駅前の瀟洒な、ルイザがとってくれたホテルの一階の部屋で、一日のすべての気力を使い果たしたように切れ切れの、たった一日に過ぎ去った記憶の形見の波に洗われながら、ふっと、波から泡沫のように浮かび上がるとマサリクは、ルイザ・ラウェンスカと一緒にどういうわけか、母なるヴィスワ川がバルト海に落ちる、その新河口ではなく、瀬替えを前の寂びれ切った河口の荒涼として輝かしい岸辺にたたずんでいるのだった。彼女は寒さにコートの襟を立て、つぶやく。わたしたちは、みなそれぞれに束の間。母なるヴィスワ川が落ちるバルト海の前では。

ルイザのコートの襟には小さな琥珀のブローチがついている。草の葉のような形だ。

マサリクはとうとう本当の眠りに落ちて行った。〈しばしば　わが愛する人は全身　列車が入線するやいなや――ショールにくるまれたもの〉……

9章　海の瞳

1

　クラクフから乗り継いだ列車がザコパネ駅に着いてふりかえると、機関車の頭部が異様なまでに巨大に見え、ザコパネーゴ、ザコパネーゴ、というアナウンスの声がどこまでもついて来るようだった。どうして自分がスロヴァキアとの国境地帯のタトラ山脈の景勝地にわざわざ来ることになったのか、その遠因を特別に知る由もなかった。ただ、〈海《モルスキエ》の瞳《オコ》〉、という火山氷河の底みたいな美しい湖に呼ばれていたのかも知れなかった。むしろその名に心がそそられたと言うべきだったろう。

　人々も大勢下車した。マサリクは一人心細い気もしたが、ともあれ、無事に着き、放心しているところに、客集めの老人が寄って来て、いい民宿を案内するという。馬車と言っても痩せ馬が一頭、二輪荷車を曳いているだけの馬車だ。マサリクは御者台に同席した。こちらのポーランド語がうまく通じたのかどうかも定かでないが、この荷車はザコパネの埃っぽい街道から次第に高いところへとそれていき、急に緑が濃くなり、裂けた谷に豊かな水が流れ、ようやく地図がどうなっているかはともかく、ここから〈海の瞳〉への近道だと言われ、その民宿の前で降ろされた。もう日暮れ近かった。その民宿だと告げられた建物は、坂道に、その傾斜に沿って建てられているので、いわば駅の跨線橋のような造りだった。日本なら登り窯といったところだ。マサリクはこの建物の暗い受付で御者と一緒に宿泊の手続きをしてもらい、朝食付きの前払いで支払うと、その金額から御者は運賃を分けてもらった。御者は別れしな、神のご加護を、と言って出ていった。通された宿というのは、個室ではなく、跨線橋の階段の段々のようにこの建物の内部が出来ていて、その一段一段がいわば簡易寝床になっているような造りだった。つまり、坂道の傾斜に沿って、寝床が段々に並んでいる。その小さな筏がまるで無数にあって、その傾斜の終わりの方は暗くてよく見えないが平たくなっているらしく、すでに泊り客たちが大勢いて、男女の区別なく、雑魚寝をしているというようだ。幸いマサリクは上段に近い小さな筏が割り当てられた。旅の疲れが急に押し寄せた。あてがわれたのは毛布一枚だった。どうやら下に行くほど、この建物は細くなっているのか、それとも以前には牛舎だった建物を民宿に作り替えたのか、小さな寝床の筏の列の真ん中に、階段ではなく、ただの土間が通っている。水場とトイレへ行く通路だった。灯りも、暗い燭光の豆電球がいくつかついているだけだった。マサリクはつぶやいた。まるでコンツラーゲリじゃあないか。聞いたので分かっているが、下に行くほど宿泊料金が割安だった。それもそうだろう。地べたに直に渡した板床の上の寝床の筏があるだけだったから。土臭いに決まっている。

マサリクはリュックから持参したパンのかたまりとチーズをとりだしてかじった。飲み水が欲しかったが、下までおりて行くのがためらわれた。どうして彼が一人だけ、学生たちとはぐれてしまったのか。それは列車で来るのと、バスで来るのとの時間の差にあった。ゾシャや、たしかドロータやその他も来ているのだ。若い彼らは所要時間が半分のバスに乗ってとっくにザコパネに着いているはずなので、ひょっとしたらこの傾斜した牛舎民宿の下の方にいるのかも知れなかった。しかし、一々探すのも面倒だった。朝になれば合流できるだろう。彼らはマサリクが本当に来るかどうか確認していなかったからだ。できれば自分も参加したいのだが……、とは言ったけれど、間違いなく行くとは約束しなかった。マサリクは昨日のうちに気が変わって、大慌てで出かけて来たのだった。

たちまち夜になった。建物の空気は牛糞臭い臭いがどこかに残っている。初夏の緑の馨しい匂いと風、水の匂い、それから火の匂いがどこからともなく満ちてきている。牛舎臭いのはどこか構造物の柱などにしみついた臭いだった。いや、もしかしたら、ゾシャ達は別のお菓子の家のような破風屋根のある民宿に入っているのかもしれない。ここを登山口として、明日はここから、ここに黒々と寝床に横たわっている観光客たちが、〈海の瞳〉を求めて、登って行くのだ。いったいどういう湖であろうか。海の色をした瞳が、青い瞳がそれとなく見えるのだが、しかし、それは誰か美しい人の瞳には少しも見えず、想像がつきかねた。湖の美しい色を比喩的に名付けたとしても、見えるようで見えない。しかし美しく郷愁と憧れを思い出させることばには違いなかった。と同時にマサリクの耳には、ザコパネ駅に列車が着いたあと、あの初めてのプラットホームに流れたアナウンスの、ザコパネーゴ、ザコパネーゴ……と繰り返される音の語尾がそれとなく不吉に聞こえたことが、暗い寝床で思い出された。そうさ、ザコパネは立派な地名だが、でも、ザコパネーゴ、ザコパネーゴと変化語尾で繰り返されて耳に残ると、何かが一変するではないか。ザコパチ、という動詞を知っているからだ。ザコパチと言うのは、埋葬する、穴に埋めるという意味だ。これが受動形にされると、ザコパヌィだ。これが生格になると、そう、ザコパネーゴ。穴埋めにされたもの。ということになる。いや、あのアナウンスは、ザコパネに前置詞の、〈〜から〉、がついて、次のザコパネ発は何時ですということだったのか。耳にはただただザコパネーゴと聞こえたものだから、なおのこと暗い連想が動いてしまったのか。まあ、そうだ。マサリクはこの息苦しい暗闇に埋められたように思いながら、自分の他にもっと多くの観光客が下の方に埋められているというような感覚に捉われていた。振り返ったとき、あの機関車の頭部が巨大ヘルメットをかぶった、蝗の頭部と眼をもっていたではないか。そうだ、戻りはバスにしよう。

人々が従順に寝入っている沈黙の底でマサリクは寝苦しかった。切れ切れに夢から引き戻され、起き出し、どこか遠くで微かに赤い電球が見えるのをたよりにして真ん中の細い土間に下り、トイレを探し、手探りのような姿勢で傾斜を歩きだした。半ばまで来ると、傾斜は平になっていて、そこは一つの大筏に人々がてんでにうずくまって漂流しているとでもいうように横たわっている。顔が見えない暗さだった。このときマサリクは自分がだれか知り合いを特別に探しているのだとでもいう思いに誘われた。彼は人々の蠢きが感じられるそこを通り過ぎ、ふっとすぐ土間脇にまだ起きているらしいだれかの眼と、ちらと眼があったと思った。外に出ると夜気が甘く苦く、馥郁と匂っている。峡谷の裂け目に星空が見えた。眠っている人々は、ひょっとしたら巡礼者たちではないのかと思った。

2

明け方夢に魘《うな》されていたが目覚めてみると寝坊していた、もうこの牛舎型民宿の寝板の列は空虚になっていて、人っ子ひとりいなかった。受付に行くと、もうとっくに人々は〈海の瞳〉へ向かったと言う。マサリクは受付の脇にある食堂の広間に行き、朝食を頼んだ。足の悪いのがわかる老人がゆっくりと朝食のトレイを運んで来た。焼きたてらしい丸パンとコップ一杯のミルク、ぺらぺらに薄いチーズ、それに細長くてふやけたようなソーセージだった。十分すぎる贅沢といってよかった。紅茶を訊くと、砂糖《ツッケル》代は加算されるという。ワルシャワでも砂糖や肉を手に入れるには、配給のクーポン券が必要だったから当然だろう。クーポン券と言っても、それはハガキ半分くらいの紙片に、配給食品名が、それぞれグラム数で印刷されている。店に行くと、そこをハサミで切って、そのグラム数だけ食品をよこす。マサリクは熱い紅茶を頼んだ。老人は黒い液体をちょっと入れた耐熱ガラスの頑丈なコップとお湯の薬缶をもってきて、眼の前で熱湯を注いで言うのだった。風味はないが、眼が覚める。茶っぱを煮詰めて、その煮詰めた液をちょっとこう入れておいて熱湯をそそぐ。これがいちばんじゃ。砂糖は粉砂糖ではなく、白い軽石のようなかたまりだった。ワルシャワではそれでも粉砂糖が出ていた。このかたまりはたちまち熱湯に溶けた。マサリクが坐った分厚い木製のテーブルは、火を焚いている暖炉のすぐそばだった。マサリクは気を利かしたつもりで、老人にチップをさしだした。老人は嬉しそうに汚れた上っ張りの隠しに入れて言った。一緒に坐ってもいいかな。マサリクは二つ返事で、ドブジェ、プロシェン、と答えた。椅子をひくと、老人は向かいに掛けた。市中のレストランでもないのに、このようなチップをくださるとは。ところで、これからパンは〈海の瞳〉へ行くわけだが、甘く見ない方がよい。天気は上々だから心配はない。しかし、道に迷わないようにしなければならない。というのも、道しるべがなくても登れるのだが、幾つも分岐点、つまり迷いやすい分かれ道がある。紛らわしいのだ。〈海の瞳〉までの登りの斜面全体はそんなに複雑じゃない。どこからどう登っても、岩場の多少の違いはあるが、ひたすら登りつめれば、〈海の瞳〉を見下ろす地点に出られる。そこから〈海の瞳〉に下りるには、これは迷うことはない。問題は、帰り道だ。この六月の初めはまだ残雪がある。雪解け水が出ている。靴には気をつけなさい。おや、パンの靴なら大丈夫だ。いい靴だね。はい、イタリアの古いドロミーテ。おお、そうだ、ドロミーテとはな。ドブジェ。それからもう一つ。いいかね、この山はいわば国境線なんだから、さて、〈海の瞳〉からの下山は、どちらがポーランド側か、どちらがスロヴァキア側か、間違ってはいけない。道の半分が向こう側、もう半分がこちら側。で、分岐点を間違ったら、越境ということになる。まあ、そこまで国境警備パトロールが来てはいないが、ま、用心にこしたことはない。国境地帯だからといって、人もことばにそんな大きな違いがあるものか。線を引くから揉め事になるんだね。ま、双方、それぞれの親戚とか訛りくらいに考えればいいだけだからね。マサリクはうなずいた。あなたは若い頃、何をしていたのかとマサリクは聞いてみたかったが、我慢した。なにか途方もない話が出て来そうだったからだった。平地や都市ではなく、このような山岳の国境地帯をおそらくはかつての移動の人々が何百年にもわたって、生きるために越境し、また軍隊が、それが歩兵であれ、騎馬隊であれ、越えて来ていたに違いない。あるいは略奪し、あるいは殺戮し、沃地へと進撃する。

マサリクは朝食を終え、老人に感謝して、いよいよ立ち上がると、老人は少し待ちなさいと手で制し、仕切りのある賄所に行くと、紙にくるんだものを手渡してくれた。万一ということもある。糧食じゃ。さあ、背嚢《トルニステル》にいれなさい。と言うのだった。プレツァクより背嚢ということばが、マサリクには新鮮だった。そして立ち上がり、老人にさようならを言い、表にでた瞬間、明け方にみた夢の情景の一片が絵のように浮かび、一瞬にして失われた。

マサリクは歩き出した。やがて急な登りが始まった。最初は右手が急峻な峡谷になっていて、そこは鬱蒼とした針葉樹の森がうめつくし、こちら側にも針葉樹が黒々とした緑で覆っていた。次第に汗が出て来た。峡谷の向こうのひとすじの道を、マサリクは白昼夢だとでもいうように、いまあの暗い森のなかを、数十騎の集団で、ドイツ騎士団がゆっくりと馬を進めているのが、真下に見えるように思った。

ザコパネの中心部にむかって静かに進軍しているような気配だった。いや、そんなことはない。手前勝手な幻想だ。マサリクはやがて左に折れる道に入り、広大な斜面腹を横切り、そのあと急峻な岩場に花が咲き乱れている明るさに出て、そこからまっすぐに、這いつくばりながら、登り始めた。朝立ちの人々はもうとっくに越えて行ったのだ。ずっと先に、点々と黒い人影が散らばっているのが眩しく見えた。迷うような登りではない。マサリクが取りついた左手の岩場のその裏側はもっと激しい登りになって下は雪崩のように広大になっていた。裾野が続いていた。

汗は小川のように流れた。雲はどこが国境なのかなどもちろん関係なく流れ、太陽は氷河の隠れたあたりから輝き、照らし、流れる汗を乾かし、そしてやっとの思いで、奥から人声のする丸太組みの荒々しい教会堂の脇にたどりついた。色とりどりの人々が声をあげて、出て来て、彼らはまた先へと高山の花や蝶のように登って行く。マサリクがこの狭く暗い内部に体を押しこむと、むっとするくらいのハーブの匂いがこもっていた。キク科の、カモミールの花が湿気にあたって強く匂っているのだ。海のりんご、という語源のカモミール、カミツレの花が小さな黄色い頭と、真っ白な花びらで、あたり一面に密生し戦《そよ》いでいる。それが風に運ばれ、古い起源の教会堂の仄暗さを引き立てているのだ。荒々しく素朴な縦長の裂け目のような洞窟の正面の柱に、礫のイエズス像がかかっている。彩色は白っぽく、顔はひげに覆われ、荒々しく叫び声を発して、洞窟に響いた。このような山岳の、それも切り立った岩場に、いつ風雪に崩壊するかもわからないような懸崖のぎりぎりに建てられて、一体何を守護しているのか。マサリクはマリア像を眼でさがした。丸太組みの壁龕《へきがん》に小さな像があった。もちろん嬰児とともにだが、マリアの顔は苦痛にゆがんでいる。このような洞窟で、古い時代の修道士らは、生と死の隠者となって何を見ていたのか。マサリクは嘔吐感を覚えて、丸太組みの洞窟から這いだした。歴史の波がこのような山岳地にさえ押し寄せ、宗教や信仰が荒々しい自然の中でぶつかりあったその痕跡にちがいない。教会の土層には、原始キリスト教以来の聖像が稚拙なものから人間形にいたるまで、幾層にも折り重なって埋葬され、マリアたちは真っ黒に焼けただれ、イエズスは恐ろしい形相をして叫んでいるのだ。

血生臭さを振り捨てるようにマサリクはふたたび残りの登りを急ぎ、風に吹かれ、大気を感じ、呼吸が楽になった。そして、ついに眼下に、目的だった〈海の瞳〉が静まり返っているのを見下ろした。あっけない思いだった。青い湖がぽっかりと沈んでいる。人々がいないところを見ると、彼らはさらに〈海の瞳〉まで下りて行ったのだ。ゾシャたちはいったいどこなのだろう。もう、湖畔にいて休んでいるのだろう。マサリクはここまで来て、空虚感を覚え、疲れが急にやってきたのを感じた。もっと奇跡のような神秘感を思い描いていたのか。

さあ、湖畔の神秘に魅入られるのは諦めよ。そうではないか、実際にその湖の瞳に飲み込まれるのだ。自然の神秘は恐ろしい。

マサリクは一休みしたのち、リュックから取り出して、水筒の水を飲み、立ち上がった。山並みに雲の流れが早かった。風が出始めた。マサリクはすぐに決断した。民宿の老人が言った助言を思い出した。分岐点はたしかにいくつか途中にあったが、それは登りの道のことだった。下山では取り違えてはならない。登りと同じ道はとても危ない。周りを確かめると、〈海の瞳〉の底に向かって左手に、立っている場所から左手に、はっきりと道がついていた。これを回り込んで行けば、やがて、登って来た道の下方につくはずだ。少し遠回りになるだろうが、あの森をゆっくりと回り込むことになるだろう。間違いないと判断してマサリクは急いだ。下山の速度を増し、飛ぶようにして足を動かした。岩場があったが、やがて道は安定した。踏み跡もしっかりと残っている。下りて行くにつれて、残雪が目立った。雪解け水が道を流れている。とびとびになって左右に体を飛ばして走る。なかなか分岐点が見えてこない。もう見えて来るかと思い、迷いながらもさらに先へ進む。

それからどれくらい、雪解け水の流れに悩まされながら進んだか。その先にようやく針葉樹の森が見え、広い草地が広がっている。草地の石に腰かけて女が一人うずくまっている。突然のことでマサリクは鳥肌が立った。かりに男であったとしても同じだったろう。女は片足のズック靴を脱いでいた。怪我でもしたなとマサリクは思った。通り過ぎるときに、声もかけないと言うのも怪しいことと思い、マサリクは、手前から大きな声で声を掛けた。こんにちは。プロシェン・パニ、どうしましたか。黒髪の女がこちらに眼を向けた……

3

いま、マサリクはヴィスワ川右岸の河川敷の草地に寝そべって夏雲を眺めていた。大学の知り合いに画家証を貸してもらい、長い行列にならんで油彩の絵の具も手に入れることが出来た。風景画は生乾きだった。ときおり恋人同士たちが画布を覗き込んで過ぎて行った。人々の群れは買い出しに街路を流れて行った。マサリクの住宅の前には侘しい大工アトリエがあって、キャンバスを持参するとすぐに木枠に張ってくれたし、画が乾くと額縁も格安でこしらえてくれた。市中では板切れ一つを入手するのも困難だが、この工房に頼むと喜んでつくってくれる。

河川敷の土手方をまわりこむようにして路面電車が走っていた。広い草地には人もまばらだが、サーカス小屋がテントを張っていて、剽軽な音楽が鳴り響き、風船が揺れていた。客の入りは閑散としていて、それでも子供たちの金色の頭があちこちで光っている。

マサリクは届いたばかりの一通の手紙を持参して来ていて、それをまた読み返していた。辞書も草地の画布の横に置いてあった。

それはそうだ、不思議な出会いがあったものだ、そしてこのような手紙が来るとは。マサリクは、〈海の瞳〉の出会いの一部始終を反芻しながら、手紙の小さな文字を辿っていた。そうだった、そうだった。

彼女が、つまり、この手紙の差出人のイバ - ゼッフという名の彼女に声をかけたのだった。その時、彼女が足から、踝《くるぶし》から血を流しているのが分かったのだった。持っているものと言えば、ショルダー一つだけの彼女は途方にくれていた。マサリクはリュックから、血止めにもなる大きなカットバンと軟膏を取り出した。これは必ず携帯していた。ごつごつした石で水に滑ったのか、くるぶしの上に傷ができていた。マサリクはかがみこんで、説明し、いいですかと繰り返し、それから丁寧に処置した。

彼女はやっと安心した明るい声になった。さあ、よろしかったら、一緒にゆっくりと下山しましょう。マサリクは促した。何歳とも分からないが、ゾシャたちより数歳くらい上だろうか。質素な身形で小柄だった。二人は下山し始めた。マサリクはこの道の分岐点がどこかまだ見えないので、心中は不安だった。いわば地図も持たず、初めての道で先へ進まなければならない。しかもいまはこの見知らない若い女と一緒なので、これで迷ったらと思うと気が気でなかった。幸い、残雪の雪解け水は道から谷間に流れて行って、疎林が始まると、道は柔らかい感触になった。彼女は足を少しだけ引きずるが、脚力は十分だと見えた。道に迷ったかもわからない、とマサリクは言った。はい、と彼女は答えたが、気にならないようだった。最初に眼を合わせたとき、彼女はマサリクをじっと見つめた。その黒い眼は、この人は信じていいかどうかを一瞬見極める動きだったのだ。マサリクは彼女のシューズが水でびしょ濡れだったので、せめてタオルでと思って布地を拭いた。ソックスをしぼってもらった。濡れたソックスをはくのは気持ちが悪いものだが、彼女は嬉しそうだった。足指もきれいで、足が意外に大きい。指のつけねが反って、これはしっかりした足先だ。大丈夫だ。マサリクはなんだかそう思う自分がおかしくなった。まさか、あなたの足はバネがあるなどと言われない。

心が開かれたように彼女はちょっと冗談を言いさえした。イエズスがマグダレナの足を洗っているみたいで、あべこべ。一人彼女が明るんだ。

こうして、じきにぽつぽつとことばを交わしながら歩き、まだ分岐点がないので、いよいよこれは迷ったのだと途方に暮れはじめたころだった。彼女はずいぶん以前から知り合いだったとでもいうように、少しも不安な様子を見せなかった。このとき、左手の奥に広がった森のどこかで木を切り倒すような斧の音が、トーン、トーンと木霊し、二人で耳を澄ませて立ち止まると、その左手の明るさが見える林の方から火の匂いが流れて来た。もしかしたら森の番小屋が煙を上げているのかも知れない。ああ、大丈夫ね、と彼女は言った。マサリクはほっとした。とにかく人気があるということは、この道はちゃんとした林道で、とんでもないところへ通じる道ではないということだ。それから二人はずいぶん歩き続けた。おなかが空いていないかとマサリクが訊いた。空いています、と彼女は答えた。マサリクは立ち止まり、リュックから紙包みを取り出した。どうぞ、歩きながら食べてください。これは、牛舎型の民宿の賄いの老人が与えてくれました。牛舎型の民宿ですか。そうです。まあ、あそこはわたしも泊まりました。マサリクはびっくりしたが、それが不思議ではないように思った。彼女はさらに打ち解けた。話がはずんだ。彼女は歩きながら、遠慮なく油紙の紙包みから出てきたライ麦パンの塊、それにチーズをむさぼるように食べ、それからマサリクの水筒から紅茶をもらって飲んだ。マサリクが先を行き、すぐ後ろから彼女が話しかけていた。あの民宿は恐ろしかった。夜中に隣から強い手がのびてきた。叫ぶにも叫べない……。気がつくと寝板がぜんぶ収容所みたいだった。でもみんな悪夢だった。汗がびっしょり。でも、現実だって、本当を言うと、おんなじだとわたしは思うのです。マサリクには切れ切れにしか背後の嘆きが理解できなかった。

マサリクは草地の客の少ない寂しいサーカスの音楽が次第に消えていくのを聞きながら、思い出していた。

二人はすっかり元気が出て、それから長い針葉樹の森を歩き続け、一体どこに出口があるのかと途方に暮れたそのとき、突然行く手に厚みがなくなり、光が洩れ、明るくなり、狭い林道がそこで断ち切られ、いきなり崖に落ちるとでもいうように、眼の前に、一メートルばかり下に広い道が見え、二人はずり下りるようにして、ついに普通の道路に抜け出ていた。白い埃っぽい道が左右に延び、川音がし、しっかりと道に立った、空を見上げ、森を振り返り、緊張がとれたところへ、右手の道路の奥から、ゆっくりと騎馬の男が現れた。騎馬の男はやがてそばまでやって来ると馬を止めた。それは国境パトロールの一員だ。彼は馬上から誰何した。彼女が答えた。〈海の瞳〉を見に行ったが、下山で道に迷った、と言っているのだった。馬上のエポレット付きの制服男はポーランド語を話していたが、少し違うような発音だった。よろしい、ここはよく間違う、迷う、べっぴんさん《ピェンクノシチ》。パトロール隊員は、彼女に、べっぴんさん、と言った。にんまり笑っているのだった。悪意ではない。からかいの冗談でもないが、下心が笑っている。山中の彼女とはまるで違って、すぐに冗談で返した。何と返したかマサリクは聞きそびれたが、騎馬の男は、声を上げて笑った。さあ、いきなさい、ほら、あそこに橋が見える。あれが国境。あぶないねえ、お二人は。さあ、パニ、お嬢さん、急ぎなさい。パン、あなたも、急ぎなさい。あの橋を渡って右に回り込んで下りていけば、ザコパネに出る。ご無事で。

騎馬の男は馬の向きを変えた。マサリクはパスポートを携帯していたものの、心中は狼狽していたのだった。おやおや、わたしたち越境しながら下山した、と彼女が笑い声をあげた。あぶなかった。あきらかにあなたは異邦人です。でもわたしが女だったから、よかった。あなただけだったら、それはダメだった。もちろん、わたしだけだったら、もっとあぶなかったでしょう。

画布はまだ乾かない。ヴィスワ川の風があたたかく吹いて踊っている。サーカス小屋から道化師がラッパを吹いて踊っている。


そうだった、とマサリクは思い出した。

二人は足を引きずり、ようやく干し草を積んだ荷馬車をつかまえ、後ろに載せてもらい、ザコパネ駅までたどり着いた。日は沈みかけ、駅舎は金色に輝いていた。バスの便はもうなかった。

クラクフ経由でワルシャワまで、夜行列車の切符が取れた。二人は走った。日は沈みかけながらお別れを言った。マサリクはこの列車にゾシャたちが乗っているのではないかと、先頭車輌までさがしに行ってみたが、いなかった。席はとれた。二人は疲れ切っていた。満席状態だった。クラクフに着くと、列車は同じ列車で再び乗客を乗せて出発した。霧が流れていた。マサリクはオオバコの葉を見た日の夜行列車を思い出した。新聞記者のマリウシュはどうしているだろうか。

列車は濃霧から抜け出して疾走した。マサリクは睡魔に襲われた。気がつくと、隣に彼女がいない。

マサリクはドアに近いデッキに出て行った。デッキに立っている乗客はいなかった。彼女がデッキの床に坐り込んで腕に頭を乗せて列車の振動に身をまかせている。マサリクは声をかけた。緩衝器の鉄板が重なりあい、離れ、車輪の轟音が規則正しく鳴っている。マサリクも同じように腰を下ろした。熱の籠った車室より気持ちがよかった。風が入る。夜の平原の匂いは馨しかったし、鋼鉄の臭い、油の臭いまでが混ざっていた。そして、イバ‐ゼッフが、向かいにそっと坐り込んだマサリクに、話し始めた。マサリクは客室に戻らなかった。彼女が涙をうかべている意味が分からなかった。マサリクは一度立ち上がり、デッキの暗い窓に向いて煙草に火をつけた。そのマッチの小さな火がロウソクの火に見えた。

そうですよ、わたしはこのままで枯れ死になどしたくない。わたしのような人生があるということを。いいえ、平凡すぎるかも分からない。でも、こんな人生があるということを、わたしは話しておきたい。そう言う彼女に、マサリクは答えた。きっと忘れずに覚えておくでしょう。思う存分話してください。ぜんぶは分からないとしても、話してください。心が晴れるなら……。彼女の顔はすすけて汚れ、汗と涙が乾き、ゆっくりと話していた。マサリクにはそれが車輪の下の声のように聞こえていた。半分も分かったかどうか。ポーランド語にしては歌うような旋律があった。

いま、マサリクは小さな画布を草のうえに置き、彼女の手紙を読み始めた。夜行列車のデッキで聞いた話の細部が明瞭になった。マサリクは声に出して手紙を読んだ。彼女の声を思い出しながら……

10章　悲しい手紙

1

首都の騒音が鈍くここまで聞こえていた。眼の先には白いマルガレーテの花が一面風に揺れていた。そこは特に光があふれかえっていた。マサリクはイバ‐ゼッフの手紙を、その筆記体の綴りを、ときどき立ち止まり、声に出して確認し、翻訳するように読んでいった。時として意味が取れない箇所があった。あるいは、急いで書いたのかスペルが間違っていたり、あるいは動詞に添える人称語尾の位置が、この文脈では分離前置するべきなのにそのままになって凝固したりしていた。

親愛なパン・マサリク

突然のわたしの手紙を許してください。〈海の瞳〉の下山途中で、もしあなたに出会わなかったら、ほんとうにわたしはどうなったことでしょう。あの偶然の、いいえ、あるいは必然の出会いを、心から感謝します。夜行列車の中で、わたしは生まれてはじめて、はじめて出会った人に、わずか一晩の短い時間だったにかかわらず、わたしのじぶんの貧しい不幸な人生の一部始終と嘆きを、なぜかこらえきれずに、というのも、それはあなたが偶然にも異邦人であったからかもわかりませんね、それできっと、心がゆるんで、思いの丈をぶちまけてしまったのでしょうね。これもどうかお許しください。お話しできたことで、わたしは救われた気持ちになりました。誰に話したところで、まともに聞いてくれるような人がどこにいたでしょうか。すべてが自分自身の責任でしょうと、却ってはねつけられたことでしょう。親しい友達であってさえ、顔をしかめたことでしょう。よしんば心で神様に打ち明けたところで、やさしいおことばが聞こえることもなかったでしょう。今は元気を出して、もう一度立ち上がって、残りの人生を続けて行ける気持ちになっています。寛大なパン・マサリク様。ほんとうのことを一つだけ隠していました。今日はそのことだけ言いたいと思います。どんなに小さく些細なわたしのような者の話を——それが出会いと別れのための誠意だと思うのですね。きっと、聞いてくださるでしょう。わたしのポーランド語は、高等教育を受けていないので、美しくないと思いますが、ゆるしてくださいね。それでもわたしには愛おしい母語なんですから。

わたしは〈海の瞳〉を一目見てから、実は死んでしまうつもりだったのでした。

夜行列車のデッキにうずくまって、あなたと話している最中に、わたしはとつぜん、これと同じようなことがあったことを思い出しました。まだ学校に入る前ですが、仕立屋の父と一緒に、生まれて初めての遠い旅行、海のあるグダニスク、父はいつまでもダンツィヒと呼んでいましたが、そこまで列車の旅をしたときのことです。ええ、それがわたしの最初の記憶、最初の鮮やかな思い出なのです。父は生地の仕入れの用事があって、仕立屋組合の人たちと話し合いがあったのです。すぐに終わるはずだったのです。わたしを教会の前に待たせたまま、いつまでたっても帰って来なかった。そして夕暮れになった。わたしは泣いて、泣いて父を探しに行きましたが、父はどこにも見つからなかったのです。わたしは自分が父に捨てられたのだと思いました。ええ、父は、聾唖でしたから、小さなわたしであっても、わたしの手話の助けがなければ、大変なのです。それで母から言われたのです。捨てられたはずがありません。わたしはもう母よりも手話が上手でした。とうとうわたしは駅まで行って、駅員に話して、やっと一人で、家までたどり着くことが出来ました。ワルシャワのプラガ地区のヴィリニュス駅で乗り換えて、家のあるずっと郊外の小さな町まで帰りついたのでした。

あのときの最初の記憶を、わたしはあなたと一緒にデッキにうずくまって思い出したのです。小さくてもわたしの手話がなければ生きていかれないはずの父が、わたしを見知らない初めての海の市に置き去りにしたのです。

＊

どうしてわたしが〈海の瞳〉を見てから死のうと思ったのか、わたしは語りたいのですが、いいことばが見つかりません。

十八歳でわたしは村の大きな地主のもとに嫁がされました。夫となった人は六十歳でした。夫には独身の姉がいて、この姉がすべてを取り仕切っていました。その頃は、父が家に戻っていて、仕立屋の仕事に精を出していました。母と相談の上、生活のためにわたしをむりやり嫁がせたのです。母は、もとは裕福な地主の娘だったのですが、戦争があって、やっとのことで生き延びて、聾唖の父と所帯を持ち、故郷の村に戻り、隣の地主の土地の一角を借りて、暮らしていたのです。注文をとってきて男物を仕上げるのですが、腕がいいので評判でした。次第に暮らしもよくなっていました。わたしは歌うのが好きで、なんとかして音楽の専門学校に進みたいと思っていましたが、両親が許しませんでした。そして十八になるかならないかで結婚させられたのです。こんなことを言うと、とても卑しいことばになりますが、実はその相手は村でもみんな知っていた事ですが、不能者《インポテンツィア》だったのです。しかし母は、人の愛は不能者であろうが、心がだいじなのだから、本当の愛情に生きなさいとわたしを説得しました。一番上の兄は大工になってすでに家を出ていました。すぐ上の次兄は、徴兵忌避者として収監され、拷問で耳が聞こえなくなって帰ってきましたが、賢い人なので、遠く西部の市に行き、そこで働いていました。結局わたしはその相手と結婚することになりました。暮らしはとても恵まれました。夫はよくワルシャワの病院へ通っていました。不能者であることを気に病んで治療に通っていたのです。夜になると、心優しい夫はわたしにひざまずいて許しを請いました。わたしはそれがかわいそうで、二人して泣きました。子供を授かることもあきらめなければなりません。

そうこうして三年が過ぎた夏に、夫の親戚にあたる大学生のウカシュが一夏を過ごしにやって来ました。わたしは彼に誘惑されました。わたしは夢中になりました。そしてある日、夫の姉がわたしとウカシュが狂ったように抱き合っているのを見てしまったのです。彼女はもちろん夫に告げました。わたしの夫はそれを知って、わたしを前にして自分がこんな身だからといって、泣きました。彼の方から許しを乞い、新しくやりなおしてみようと言ってくれたのです。ウカシュは西部の市の大学に帰ってしまいました。夫がどうしてあの病気になったのか分かりませんが、戦争が原因だったのだろうとわたしは思っていました。戦争の話は一度もしたことがなかったのですが、一体何があったのか分かりません。

そうして、離婚に両親は反対でしたが、もちろん夫も涙を流して引き留めてくれたのですが、わたしは自分を許さず、離婚して、家に帰って来ました。それからは家計のために、隣町の土埃にまみれた寂しい食料品店の売り子になりました。世界は空虚でたまりませんでした。離婚の原因について狭い町は根も葉もないうわさがいっぱいでした。

それからわたしはワルシャワの大都会に仕事を探しました。声楽が好きだということもあって、幸運にも、ワルシャワのボリショイ劇場の雑役婦になることができたのです。わたしはそこでいろいろな芸術家の人々を遠くから眺めました。とんでもない誘惑も受けました。わたしには手の届かない世界です。でも、わたしは生まれ変わった気がしました。わたしを捨てたウカシュから手紙が来ました。ポーランドを出て、ドイツで仕事を見つけたというのです。ドイツにきみを迎えて一緒に暮らしたいと書いていましたが、そのうち連絡が途絶えてしまいました。

尊敬するパン・マサリク

このような話にあなたは顔をしかめることでしょう。でも許してください。こうしてあなたに書くことで、わたしは元気になるように思うのです。ボリショイ劇場で働いているあいだに、わたしは父の手話ばかりではなく、もっとすすんだ上級の手話の資格も手に入れることが出来たのです。副業ですが、わたしは認められて、あちこち手話の仕事で出かけられるようになりました。わたしは聾唖者のために尽力しました。わたしの献身は称讃されました。わたしはやっと生きがいを見つけました。各地に聾唖者の大会があると、わたしが指名されるようになったのです。

しかし、そのあと暮らしが一変しました。ワルシャワの住宅事情はことに大変でした。わたしは村の家から仕事先に出るにはとても大変だったのです。なんとかしてワルシャワに一部屋を借りたかったのです。そんなとき、今の夫に出会ったのです。彼は完全な聾唖者というのではありませんでした、彼もまた聾唖者の救済活動の仕事をして、知り合ったのです。彼は幸運にもワルシャワの場末の集合住宅に一室を借りていたのです。そして成り行きで、わたしは彼と一緒になりました。彼の故郷は東北の湖沼地帯にある村の農家でした。わたしは身ごもっていました。夫は働きがないので、ここでは暮らしていけなくなりました。古代の豪傑のような偉丈夫の彼は、放浪者のような気ままな生活が好きで、さらに嫉妬深い性格でした。暮らしに窮して、わたしたちは、湖沼地帯の彼の実家に身をよせました。ワルシャワの部屋は聾唖者の困っている知人に貸したのです。

彼の実家での暮らしは想像を絶するほど過酷でした。東北の過疎地の湖沼地帯ですから、鬱蒼たる森林が続くばかり、ここで痩せた農地を耕し、牛を育てているのです。わたしは若かったので必死になって生きました。男の子を無事に出産しました。その命の喜びが支えでした。冬の厳しさといったらありませんでした。しかし春が来たときの喜びは何ものにも代えがたい喜びでした。わたしはボリショイ劇場の歌い手から教わったショパン作曲、歌詞はヴィトフィツキの「悲しい河」をいつも歌っていました。幾つも湖から川が流れ出ていました。そうですね、きっと、わたしがこの年齢になって、一目、〈海の瞳〉を見に行こうと決心したのは、最初の子を生んだ湖沼地帯の過酷な暮らしを思い出したからかも分かりませんね。

夫は実家に居つかず、相変わらず自転車で各地を転々としていました。やがてわたしは子供を連れて両親の実家に身を寄せました。すると夫が押しかけてきました。わたしは離婚したかったのですが、それも子供のためを思うと決断がつきませんでした。わたしたちはふたたびワルシャワの場末の、洞窟のような集合住宅の一室に帰りました。それからまた身ごもり、二人目の男の子を出産しました。

寛大なパン・マサリク

このような人生の愚痴話にきっと驚いていることでしょう。でも、許してください。このような人生もあるということを、きっと覚えておいて欲しいと思うのです。このように、あて先のない手紙を書いているだけでも、わたしは元気が出てくるのを感じています。いえ、あて先は、あなたです。わたしはもっとよい生き方をしたかったのですが、これが、わたしが思わず知らず選んだ運命だということなのですね。わたしにどんな才能があるのか、それさえも確かめられずに生きてしまったのです。わたしはもう二十になります。わたしの青春の若さはもう終わりました。

ええ、〈海の瞳〉の旅は、わたしに最後の夏だったのですね。聾唖の仕立屋と没落した地主の娘の子に生まれたこと、父がホロコーストを生き延びた一人だったこと、教育を受けることが出来なかったこと、ええ、いろいろな原因があるのでしょうが、それはわたし自身の意志の弱さによるのですが、でも、わたしはすべてを引き受けてきたつもりです。そう、わたしは弱者でした。弱者でしたが、すべての人に対して心優しくふるまってきました。もっともっと美しいものに憧れてきました。わたしは生きるという営みが、つくづくいやになりました。子供たちは、もう十年もしたら立派な若者になるでしょう。わたしは終わったのです。あとは枯れ死にのように老いるばかりでしょう。わたしはもう自分の一生は終わったのだ、そう思い、やっとのことで旅行代を工面して、一度見たいと思っていた、氷河の、あの〈海の瞳〉を見て、死にたいと思っていたのです。

どうかお許しください、ああ、なんというつまらないお手紙を長々と書いたことでしょう。ただ一度、ザコパネからの夜行列車でご一緒できた幸運。その意味は、このようにわたしの、砂の粒ほどもある人生の　つが、あなたによって記憶されることにありましょう。

どんな草の花にだって、名前があるではありませんか。草の花は絶えず死に、そしてまた生まれます。立ち上がります。わたしの名が、偶然によって、あたかも必然のようにあなたの心に残るだろうことに、わたしの幸運があるように思われるのです。夜行列車のデッキでうずくまり、眠気に襲われながらもあなたは返事をしてくれました。わたしのポーランド語は、きっと列車の車輪の音のように聞こえたことでしょう。
いま、わたしはとうとう実家に帰って来て、両親の面倒を見ています。家は中に入ると全部が土間です。その上に、テーブルもベッドも、すべてがおかれているのです。まるで洞窟暮らしの原始人。水は畑に掘った井戸からポンプで汲みます。畑の四方は菩提樹にかこまれています。わたしが少女時代を過ごした屋根裏部屋は昔のまま。わたしはそこで寝起きします。窓にはヤマナラシの木の緑。星空が見えます。ヤマナラシはその下でユダが首を吊った不吉な木だとききましたが、このヤマナラシの木の下ではかつて銃殺刑が行われていたのだそうです。しかし歳月は過ぎ去りました。いまは満天の星空です。あたり一面の砂地の大地は土壌改良のせいで、肥沃になり、麦畑が広がり、防風林がどこまでも続きます。あちこちにため池があります。そして天気のいい日には、首都ワルシャワが煙ったような青い蜃気楼になって見えます。

親愛なパン・マサリク
わたしはもう一度立ち上がりたいです、わたし自身にいのちの水を満たしたいと思っています。ただ、ただ、出会いの小さな奇跡に感謝するばかりです。どうぞ、この先の道中ごぶじをいのります。わたしのアドレスは記しません。さようなら。〈海の瞳〉のご加護を祈りつつ、

イバ - ゼッフ

11章　画布は乾いた

1

ヴィスワ川左岸段丘にそびえる首都は蜃気楼のように陽炎に輝き、その画布は乾いた。右岸の低地には市街が広がり、人々は並んだ小さな造りの狭いドアに押し合いしながら買い物に疲れ、買い物袋は膨れ上がっている。それからまた別の店へと急ぐ。人々は生きた影絵だった。

マリリクの小さな画布は乾き、アトリエ工房の大工によって金泥の額縁におさまった。それから或る日のことだったが、彼は右岸プラガ地区の場末を風に吹かれながら歩き、人々や車、路面電車の音のない雑踏をくぐりぬけ、急に広々と開けたヴィリニュス駅の広場の前に出た。

右手にキオスクが小さなサーカス小屋のように並び、背の高いギンドロの木々が葉裏を銀色にそよがせ、左手には工場の建物や倉庫が並んでいる。石の幅の広い階段をのぼると、そこからが露天のプラットホームだった。列車が到着して来るまで、遥か遠くまで風景が見えた。どこまでも鉄路は続き、やがて一本の線になっていた。左手にはごちゃごちゃした待避線があって、悲しいような車輌たちがかさばって放牧されているのだった。

ヴィスワ川右岸大地の広大な平原が始まっていた。太陽は西に沈みかけ、その光がいっせいにヴィリニュス駅の露天ホームにあふれているのだった。

マサリクは露天ホームの右手にある発券所で切符を買う必要はなかった、もしほんとうに列車に乗って行くのなら、発車間際に飛び乗って、行く先のどこかの駅で支払えばいいだけのことだった。彼は、実際に列車に乗るためにではなく、ここにいて、だれかを待っているのだという思いによって、ここまでやって来たのだ。

彼はギンドロの木々の下にならんだ古ぼけたベンチに腰かけた。

2

やがて、列車が到着し、人々が長い編成の車輌から出てきて、てんでに荷物をさげ、あるいは手ぶらだったにしても、みな放心したようでいながら、生きることに急いで縋《すが》ってでもいるような灰色の顔を落とし、マサリクの前を、あるいは遠くを、足早に通り過ぎて行く。ベンチに坐って、だれかを待っているようなマサリクは、ただ無駄に過ぎ去られる者でしかなかった。ただただ、この広大な露天ホームの片隅のベンチで、過ぎ去られて行くだけの存在に過ぎなかった。人々はそれぞれの人生と暮らし、それぞれに授けられた運命に導かれるようにして、先を急いでいるのだった。どんなに小さくても人生の大事を抱きしめて急いでいるのだ。どのような喜び、悩み、悲しみがあるかも、もちろんこちらには見知らないことだったし、また無関係であったのだが、マサリクは茫然として見つめ、ながめつつ、そしてうちのめされるように感じているのだった。じぶんもまた彼らのうちに一人でありたい、という思いだった。

しばらくして今度はもう一つのホームにも列車が入って来た。そして先ほどの列車はいなくなった。いま入線して来た列車はこの先しばらくして出発するのだろう。人々が露天ホームの四方からゆっくりと登って来る。左手の倉庫群のある背後はどうやら暗い路地になっているらしかった。そこからも人々の流れが合流してくるのが分かった。

マサリクははっきりと自分に言い聞かせなかったが、このようにここに来て、誰かを待っているのだという想像は、はっきり言ってみれば、まちがいなく、イバ・ゼッフの面影を、この列車の発着する露天ホームでなら、もしかして発見できるのではあるまいかという、淡い、神秘的な感情からだったろう。人々が下車して、ホームを歩いて来ると、マサリクの心が波立つ瞬間があった。

すべてが瓜二つに見えるが、しかし別人だった。つまり、多くの共通点があって、しかし最後の何かが異なるのだ。思わず、声をかけて立ち上がりかけた瞬間さえあったが、それもみな人違いだった。その人違いの瞬間に、その後ろから、ほんものの彼女のプロフィールではないかと、マサリクは思ったりした。この感情に満たされて、その感情は、人々はみな異なっていながらも共通して同じようなプロフィールを秘めているのだと言うような事実への驚きと安心感だったが――、マサリクは、夕日とともに沈みかけ、数本の列車が音もなく出発し、また音もなく到着して来ると、その人々のまったくことなる姿にも、彼はそれとなくイバ‐ゼッフとの慕わしい共通点を感じ取っていたのだった。この大地と空気、生活の歴史が創り出したにちがいない匂いだった。

それは無数の歳月のあらわれと言ってよかった。人々はさまざまな顔や姿を持ちながらも、その個人はみな、時間の流れだったのだ。その数えきれない数の時間の中に、マサリクはただひと年の異邦の旅人として、茫然とするほどの隔たりを味わっていたのかも分からない。この荒涼として野性的な、そして土埃と草の匂いを秘めた、枠組みさえないような露天ホームの人々の流れに見とれていると、その時間の一粒のように、一秒間のように、イバ‐ゼッフが間違いなくいて、そしてどこかへ消えて行ったように思われた。唯一でありながら、同時にもっと多くなのだという安堵感でもあった。

マサリクは彼女の手紙を繰り返し読んだ。しかし彼女のアドレスは書かれていなかった。繰り返し読んでみて、どうして自分にこのような手紙が書かれたのかが分かるように思った。それは共鳴の、共振の、心の声だ。マサリクはただただあの夜行列車では聞き手に過ぎなかった。そして音声だけでは切れ切れにしか理解できなかったその全体が、くっきりとなった。

マサリクは手紙に流れている献身の意思について気が付いた。その献身がほんとうに実りあるのかどうかは問題にせず、どんなに悲惨な暮らしであれ、人生に献身すること。その希望で生き抜くこと。歳月はたちまちに過ぎ去り、終焉すること。夢のような活力のある青春は、終焉する。その時こそ、献身が希望になるだろう。まことに近くある者を愛せよと言うが、それは愛することがまだ容易だということなのだ。憎悪によって生きることはできない。愛する心でなら、どのようになっても生きることができるだろう。露天ホームのギンドロの木の下のベンチに坐って、彼はひどく疲れてはいるがそれだけに得も言われないような献身の心の、美しい、幾人もの、黒い瞳を見出したように思っていた。おそらく彼女の手話の指は、ことばの演奏のようであったのではないか。夜行列車のデッキに坐りこんで、耳を傾けたとき、自分は罪深い《ヴィンナ》、というフレーズを彼女はポーランド語の手話で話したように思う。そして声が洩れ、呼吸が聞こえた。列車の車輪の轟音も掻き消えた。どうしてそのようにあなたが罪深いことがあろうか。

ヴィリニュス駅の広場に最後の夕日の大きなヴェールが投げかけられた。マサリクは立ち上がった。手には紙袋。そこには小さな額装入りの画布が入っている。ただ、出会うことだけが奇跡だ。ヴィスワ川右岸の街区に仕事帰りの人々が流れだした。マサリクはその流れに紛れた。そのどこかを彼女もまた流れているのだと信じながらだった。

12章　賜物

1

先生、いいですか。ドラはまだ日本語が十分に勉強できない状況にあるけれど、彼女はわたしより何倍も才能がある。そうゾシャは言った。マサリクはドロータの欠席が多かったので、ゾシャにそれとなく聞いたのだった。マサリクが教えている講読は、選択科目だったので、重要な単位ではなかった。

将来、わたしは彼女と一緒に仕事がしたいと思っています。それは日本文学の翻訳です。現代文学です。そこまでの道のりはたいへんです。ドラもそう思っています。もちろん、わたしもドラも同じくらい強くこのポーランドの大地と芸術文化を愛しています。でもそれと同時に、わたしはいつ今のポーランドを離れてもいいと思っています。亡命とか、そんな古臭い考えではありませんよ。そう、自由な越境ですね。そして世界の中で自分の仕事をしたいのです。

ふとマサリクは自分が若かった頃、そうだったな、突然思いついて東京でポーランド大使館を訪ねたことがあったことを思い出した。あのときは、亡命ということばが輝かしく思われた。ずいぶん大げさだった。現実は、大使館に行き、文化担当アタシェに会って話したら、ポーランド語を学んでからいらっしゃい。ええ、ポーランドの留学生が来ていますから、なんなら家庭教師の紹介をしましょうか。アタシェはにんまり笑みを浮かべていた。大げさだが、あのとき自分は、イカロスの失墜、というようなものだった。頭に血がのぼった。ブリューゲルの「イカロスの失墜」の絵を知っていたので、なおのことだった。絵の中のどこかに、当のイカロスが空から落ちて来る姿があったはずだ。まさに、誰も気付かないような空の遠くの片隅で、イカロスは蠟で接着した翼が太陽の熱で溶けて、落下する。おお、亡命！　ぼくらは古かった！　ゾシャを前にマサリクは頬が赤くなるのを覚えた。

ゾシャはしっかりとした意志的な表情で言った。そうして、齢になったら、故郷ポーランドに帰還するのです。コスモポリタンとして。そのとき一体ポーランドはどうなっているでしょうか。ドラはポーランドを離れないままで、幸せな結婚をして、でも世界の真ん中で仕事をする大切な人になるのです。わたしたちポーランド大地が経て来た歴史、ほんとうに、涙が止まらないくらいの厖大な人々の艱難の物語ではないでしょうか。みんな夢のように生き死にしました。わたしたちだって夢のようなものですが、わたしたちは世界のまっただ中へ自由に飛び込むのです。そうですよ、ヤルゼルスキおじさんの戒厳令のおかげで、と言っておきますが、かえって、この先が見えてきています。わたしたちには時間がありります、待っているのです。亡命ではありません。越境です。どこにいようと、わたしたちは国家枠を軽々と越境して、ポーランドの風土と人々、文化と信仰とに献身したいのです。しかし決してわたしたちは国家の犠牲にはなりません。

ゾシャは立ち上がった。もう家庭教師に行く時間だった。マサリクは彼女の意志のような後ろ姿を見送った。この若さはいわば荒地のようなものだ。相変わらず登山靴のようなブーツを履き、草の坂道を登って行った。このゾフィアとドロータがやがて著名な翻訳家になって活躍することになる。マサリクは直感で分かる。マサリクの方はヴィスワ川の岸辺伝いに歩き出した。歩きながらドロータの才能について思い出していた。授業は教材にしばらく、日本の小説を講読していたのだった。

ある情景の箇所が、マサリク自身でも、どうしてもその描写が見えてこないので、そこをくりかえし読んでもどうも絵になって見えて来ない。で、授業で、その箇所があるページに来たときマサリクは、めずらしく出席していたドロータに、その箇所の描写について質問し、よかったら黒板にこの情景を絵にしてみてくださいと頼んだ。父が画家であることがマサリクの動機と言ってよかった。彼女はすぐに立ち上がり、黒板の前に立った。たちまち、その情景が絵になった。書き終わると、チョークを置いて説明した。そこは砂山だった。そこの一角の校庭で鄙びた運動会が行われている。子供たちを応援する親や親戚が、校庭の一隅に小屋掛けし、その中に坐って観戦応援しているのだ。そこまではいいのだが、問題はその小屋掛けの小屋の構図だった。ドロータはよどみなく説明した。少しポーランド語でもつけ加えて言った。

はい、日本のくには戦争中ですね、でもこの本州最北の半島の小さな海の村の小学校では、平和で運動会です。応援する家族たちは、このような小屋の中で、応援しているのですね。ほら、日本海ですからとても風が強いでしょう。だから、ただのテント掛けではだめです。このように、コの字型の小屋でなければならないのです。そうです、後ろからも風が入らないように、こんなふうにして一つずつ小屋をこしらえています。そう読んだら分かります。風の強い海村の人々のていねいな暮らしも、気持ちも。

ドロータは楽しそうに、淀みなく夢見るようなまなざしで言った。ゾシャが拍手した。みんなが拍手した。マサリクはもっと嬉しく思った。なんだ、コの字型の小屋掛けだったのか。あなたが、まさかワルシャワ大学で、このように読まれるだなんて、作者は想像もしていなかっただろう。ドロータ、ありがとう！

13章　草と石

1

　マサリクは或る日、グダニスク大学での講演が無事におわったことの報告をかねて、リラック博士を訪ねていた。

　なるほど、どうしてわたしたちがロシアの文学の翻訳や研究をするようになったか、その動機を、きみは知りたいというのだね、話せば長い物語になってしまう。日が暮れる。ほら、あの向かいの内務省の高層ビルに灯が灯るだろうね、そう言って、リラック先生はもう一杯ジュブルフカをこっくりと飲み干した。

　マサリクも強いこの香草入りの香りあるウオッカをなめながらちびちび飲んでいた。パン・マサリク、いいかね、それではかえって悪酔いするというものだ。さあ、ぐっと一息に飲むのだよ。ジュブルすなわちポーランド野牛が好んで食べる香草の浸酒だから、体によい。いや、魂にもいい。さあ、飲みなさい。わたしは思い出しながら話そう。

そうとも、あまりにもわれわれポーランド史と生活は苦難の連続故、今現在のこと未来のことで心が一杯で、詳しく思い出すことが出来なくなっている。いや、正確に言うなら、思い出すということは再び地獄を経験するということ故、思い出したくない。が、しかしそれなりに時間が、歳月が過ぎ去った。スカンポ一本も生えていないあの数々の戦場を、今はそれなりに見つめることもできようか。そうだねえ、パン・マサリク、これはだね、同じポーランド人にだってそうそう簡単に話せるようなことではない。これほどの歳月が過ぎ去ったとて、それぞれの過去は、みな背負っていたものが重すぎるからね。この国は、民族だって、単純明快に、たとえばきみの国のようにおおよその一枚岩の民族だというようにはいかない。まあ、そこへ今は深入りすまい。

リラック先生は小さな薔薇の木でできたパイプをふかしていた。錆びついたような黒い釘でパイプの穴をほじくり、ジュブルフカで湿らせた刻み葉を穴に詰めなおしマッチで火をつけた。人生幾つあったところで、思い出をすべて詳細に語り切ることはできない。本が何冊あったところで、大事なものはこぼれ落ちる。まあ、きみだから、あるがままに語ってみることも出来そうだ。きみに語っておけば、少しは客観性をもって、きみの記憶に残され、そしてなにかの役に立つこともあろうか。肘掛椅子に掛けたリラックさんは、壁にかかった大きな画布にむかっている。マサリクはその画布の下の小さなソファーに掛けていた。その簡素な仮枠で額装された画布は、詩人パステルナークの終の棲家となったダーチャの冬景色だった。素晴らしい絵だ。マサリク自身すでに詩人のダーチャは見知っていたので、ほんとうに瓜二つだと思った。いまにも老いた詩人が雪のベランダに出て来そうだったし、一階にあるピアノからいつも弾くショパンが赤松林から聞こえて来そうだった。

2

いいかね。これはもう四十年余も昔のことだが、いや、つい去年のことのようでもある。わたしは二十一歳だった。ヒットラーのドイツが電撃的にポーランド侵攻してたちまちわが軍は壊滅した。わたしたち一家はいち早く避難を決行してリトアニアまで逃げた。ここでしばし難をのがれたものの、今度はソヴィエト軍が入って来た。わたしたちは当然ながら強制収容でシベリア送りとなった。両親と妹はエニセイ川のクラスノヤルスクで引き離された。若かったわたしはさらに遠くバイカル湖の北の森林伐採地に送られた。バイカル湖だよ。ここもポーランド人が大勢送られて来ていた。ここの労働はもうたいへんだったが、わたしは無事にしのいだ。というのも、この地のロシア人には実にあたたかく接してもらったからだ。というのも、彼ら自身が、ロシア人であるに拘らず、ようするに強制収容のわれわれと変わらん同じ境遇だったからね。わたしはここで、ロシア語を学ばないとこのさき生きて故国に帰ることはできないと判断し、とにかくロシア語を勉強した。ははは、それも、幸運にも、収容所にトルストイの本があったからね。それを収容所の図書室から借り出して、独学したんだよ。最初は肉厚な言語だと思ったが、やみくもに読んでいるうちにとても繊細な表現も可能な言語だと感じ入るようになった。そう、チェーホフもあったね。読みましたよ。わたしはポーランドではギムナジウムを出ていたから、それなりに学力はあった。われわれポーランド人はシベリアにいても独ソ戦の行方を聞くことが出来た。ソ連内でポーランド軍団が出来たということも風のうわさで聞き知った。わたしはこのアンデルス将軍のポーランド軍に是非とも入りたいと思った。しかしアンデルス将軍のポーランド軍団はソ連当局とうまくいかず、イラン方面へと撤退してしまったということだった。運よくわたしは、これが運がよかったかどうか、ポーランド人でありながら、ソ連国籍を取得することを決断した。そうすれば正式に赤軍に加わって、祖国まで帰還できると思ったのだ。わたしは無事に収容所を出て、クラスノヤルスクで両親と妹に再会し、戦争が終ったら必ずポーランドで会うことを約し、赤軍のシベリア大隊に伝令兵として入った。ポーランド語のできる兵士が必要だった。

こんなわけで、わたしはひたすら祖国解放を夢見て、勇猛果敢なシベリア大隊すなわちグルチエ将軍麾下の第三〇八砲兵師団に従軍したわけだ。これは奇蹟なんだよ。いいかね、オリョールの大激戦をもわたしは生き延びた。オリョールは草一本生えていないほど破壊されつくされた。これが八月初旬。七月初旬にはクルスク会戦でドイツ軍が壊滅した。赤軍だって七万余の兵員を失った。オリョールは解放された。わたしはシベリア大隊の生き残りの伝令として、ゴルバトフ将軍麾下の第三軍へと急ぐことになった。それが八月の下旬のある日のことだった。やっとのことで軍の政治部がおかれていたイリインカ村に着いた。

さあ、パン・マサリク、どうかね。思い出すだに、ドキドキする。分かるかね。本当はポーランド語でまくしたてるところだが、きみのポーランド語では困るからね、ロシア語の方がずっと楽だろう。
ところで、あれは、ああ、可笑しかったね。あの厳格なるプロフェッソル・シヴェルスカからいつぞや電話をもらったんだが、パン・マサリク、きみのポーランド語の講演、そのポーランド語がとても〈愛らしかった〉と言っていたがね、ハハハ、どういう意味かね、きみはそう彼女から誉められて、どんな気がしたかね？　マサリクは答えに窮した。ポーランドに来て、さすがにロシア語で講演するのは気が引けました、とマサリクは答えた。講演のテーマが、パステルナークとはね。ハハハ。わたしも聴講したいもんだったね。ワハハハ。きみは意外に大胆だねえ。まあ、それでよろしい。彼女はね、それが可愛かったんだろうね。あの聡明な女傑は、嘘は言わない。だから、そのまま信じなさい。ま、しかし、きみのポーランド語は、童児程度かな。アハハハ。

3

で、それで、どうなさったんですか。マサリクは、リラックさんの話の先が早く聞きたかった。マサリクは膝を乗り出した。まあ、待ちなさい。リラックさんはパイプをいじくりながら、若やいだ顔になった。小柄すぎるくらいなのに、大きく見え出した。

さて、軍の政治部が入っていたのはその村の昔ながらの農家《イズバー》の丸太組の家だった。あたりは戦禍にやられて瓦礫だらけだったが八月の下旬のことで、神々しいくらい自然が美しかった。夏の終わりだ。わたしはもう一人のロシア兵と一緒にやっとのことで間に合ってたどり着いた。するとその農家の木戸口に大勢人だかりがしていた。それが軍服姿よりも平服姿が多かった。村人が群れている。だれかが著名な人物らしいのが玄関の階段に立って演説していたのだった。わたしは聞いてびっくりした。モスクワから錚々たる前線取材の作家団がやって来ていたのだ。

それが何と第三軍の軍ソヴィエトの招聘だというのだ。わたしは茫然としてその演説を聞いていたが、感心しなかった。実際の戦場を潜り抜けて来た自分にとってはあまりにも楽天的過ぎた。

で、ふと見ると、わたしに近いほうの生垣のそばに一人立っている人物があった。一瞬わたしはそのプロソィールに眼が釘付けになった。これまでみたこともないような風貌だった。中背中肉、いわば得も言われないオーラに包まれている。そうだね、アラビア馬のような風格、心ここにあらずというような眼で、八月の空を見上げている。雲は流れていた。荒れ果てた村の菜園には夏の花が咲き誇っていた。

するとそのとき、喜びに満ちた声があがり、軍政治部大佐の許可を得ましたぞ、と叫んで一人の将校が人垣をかきわけて、わたしの近くに佇んでいるそのオーラを発している人物に突進して来た。さて、何事かと見ていると、将校ザック、ほら、地図入れの鞄だよ、そこから、小さな二冊の本を取り出したのだ。

そしてみんなに聞こえるように、「わたしたちの出会いを記念してサインをお願いいたします、ボリース・レオニードヴィチ！」と誇らしく叫んだのだ。

どうかね、とリラックさんはパイプを銜《くわ》え直して言った。奇跡だよ。マサリクは、おお、と言った。それは奇跡です。そういうことだ。いいかね、わたしは間近だったので一部始終を聞いた。その将校は三十半ばくらいだったろうか。わたしは感激で心がしびれてしまった。赤軍にこんな将校がいるんだとね。いいかね、いつ死ぬと分からない最前線の戦場まで、パステルナークの詩集を携えて来ていたんだよ。わたしは涙が止まらなかった。戦場で忘れてしまっていた喜びの感情だった。

ふむ、その将校は忘れもしない、ピョートル・ゴレリクと言った。はっきり覚えているよ。そして言ったのだ。自分はオリョール方面で転戦中ですが、先ほど、先遣隊を追う途中、この村に着きました。司令部に寄ると、モスクワから有名な作家団が軍にやって来たと聞いたのです。セラフィーモヴィチ、フェージン、シーモノフ、アントコリスキー。そして、何と、おお、信じられなかったのですが、おお、ボリース・パステルナーク、あなたもだと！　シーモノフやセラフィーモヴィチと言った、いわば味方の作家と一緒に、何とよりによってあなたが前線に一緒にやって来られたとは！　これはあなたにたいする評価が変わったということですね。これがわたしを喜ばせたのです！　実は、自分にとっても自分の同世代にとっても、あなたは詩人の偶像だったのです。自分たちはあなたの『スペクトルスキー』を夢中になって読んだのです。若い頃自分は故郷のハリコフ市であなたと出会えることを夢見、かならずや会えて生身の詩人の声を聞けるのだと確信していたのです。ええ、詩人の夕べが盛んだった当時はそれも不可能ではなかったのですから。しかし、まさかこのような前線であなたにお会いできようなどとは想像だにしていませんでした。まさに、戦旅の途中であればこそ可能になった奇跡です。実は、いつかお会いすることになるかも分からないと思って、自分はこのように将校地図入れの中に、あなたの詩集を二冊しまい込んで戦場を渡って来たのです。いま奇しくもここであなたを眼で探し、軍政治部長のアモソフ大佐に願い出て、あなたとお話しする許可を得たのです！

リラックさんは目頭を押さえた。

そうだなあ、昨日のように覚えている。破壊と惨劇の光景ばかりだったが、このひと時のことは夢のように美しかった。わたしはなんだかいっぺんに復活したかのような感覚をおぼえた。一冊は革命の韻文小説『スペクトルスキー』、そしてもう一冊は、妻との別れと新しい愛を歌った詩集『第二誕生』。この二冊を、将校地図入れにしまい込んで、戦場を駆け巡っているとは！　わたしはほんとうに、何という奇跡だろうと思った。ロシア人の芸術への信仰がいかなるものかを目の当たりにした。そうさ。忘れもしない、あれは四三年の八月三十一日だった。

マサリクは、そのような実話があったとは少しも知りませんでした、と言った。リラックさんは言った。あの将校は、これからベルリンまで行くことになりますと言っていた。マサリクはつぶやいた。で、パステルナークは何てサインしたんでしょうね。うむ、それだね、ピョートル・ゴレリクがサイン本を両手で高く掲げてそらんじたのだ。幸運を祈る！　さあ、どうかね、いいかい、これはだね、この詩集が彼の守護神となるように、という意味だったのだ。

マサリクは思った。彼は無事にベルリンまで行き、そして無事にロシアに帰っただろうか。リラックさんは言った。で、おかげで、わたしも生身の詩人を間近で見た。魂がふるえた。パステルナークの詩のことばが、死を超えるのだと。いや命の守護神たりうるのだと。

リラックさんは嘆息した。二十歳そこそこのわたしにとっては驚天動地の発見だった。さて、どうして、のちになってわたしがロシア文学、そしてとくにパステルナークの翻訳に向き合うことになったか、少しは納得がいったかな。四十年余も昔のことだがね。

ああ、それからだ。わたしは赤軍と共に、ソ連軍内の新しいポーランド軍団に加わることになって、ポーランドへ入ることになった。これはまた語ると一筋縄ではいかん。いいかね、わたしはすでにソ連国籍を取っていたが、新編成のポーランド軍団に加わるまでの間に、いろいろと厄介な問題をくぐりぬけ、晴れて、ポーランド人として、コシチューシコ師団に加わることが出来、四四年の一月、ついにポーランド国境を超えた。

リラック翁は瞑目した。ふむ　アハー、そうだね、運命は不思議なものだ、ほら、黒眼鏡の将軍。ええ、ヤルゼルスキですか。そうだよ、彼はリャザンで士官学校に入って、ソ連軍と一緒にワルシャワを解放することになるがね、わたしは重傷を負って、足がこのように不都合になった。そのおかげでと言うべきか、ロシア文学、そしてパステルナークへ集中できることになった。いや、知っての通り、わたしは少しもアカデミックではない。いいかい、詩人のほとんどは、いまここから、の発信をするが、それは眉唾ものだね。そうではない。もっと遠い、あそこから、つまり、いまここでないもの、のことばを発信するのが、まことの詩人ではないのかな。それがあの人だったというわけだ。

4

こうして若き無名のリラックは灰塵に帰した首都の復興の情況下で、足をひきずりながら、働き、ワルシャワ大学に進み苦学した。大学は戦場を生き延びたパルチザンやその他の若者たちであふれた。リラックさんの酔った舌は滑らかだった。いやポーランド国内軍AK《アルミヤ・クラヨーヴァ》の将校の大半は、公式にはそうはされておらないが、カティンの森でソ連軍によって大量殺戮されたからね。戦後復興は大学の仮教室が良心の場所だった。当然ながら、それはもう知っての通り、ソ連軍によって解放され、同時にソ連によって蹂躙されながらの忍苦の情況ではあったが、ロシア語、ロシア文学、ソヴィエト文学を学ぶことは、政治とは関係なく重要なことだった。もちろん、今日を見れば、厭ロシア感情は根源的にあるけれども、ロシア語は第二語として必須であるし、受け入れている。が、本来は、帝政ロシア、社会主義ソ連ロシアはどうしたって歴史的にポーランドにとっては大いなる軛《くびき》であるには変わりはない。それゆえ、大学でロシア語文学研究ともなれば、まさに支配体制の手先だと見られかねまい。だが、そんな狭量では未来がない。文学や言語、芸術とは、本来的に非政治的であり、平等なのだ。そこではどこの国の言語であれ文学芸術であれ、差別化されるものではない。芸術は民族を超えるのだよ。ここからここまでがポーランド語でなければならないとか、ここからここまではロシア語とか。芸術文化の核心にはそれぞれの民族の悠久の歴史的根源があるけれども、それによって極端に民族主義に特化するのは間違っているね。互いに融合和解しながら、つまり庶民的に言えば、おりあいをつけながら諸民族は現在に至っているのだからね。互いの民族の特殊性を尊敬しあいながらそれぞれの独自性を開花させることだけが重要なのだ。わたしはいかなる民族主義の極端な回帰をもよしとしない。かといって、いわゆるコミンテルンのごとき世界共産主義化の妄想にもくみしない。人類は多様性だよ。

リラックさんはますます雄弁になった。さあ、どうかね。きみはグダニスク大で、稀に見る魂の持ち主であり、ほら、あの若い才媛のルイザ・ラウェンスカに会ったんだね。マサリクは、はい、と大きくうなずいた。ええ、ヨハネ・パウロ二世のことで涙をためて話していました。ふむ、そうであろう、そうであろう。あれは、まことに真摯なカトリック教徒だ。そしてなおかつ、研究分野はロシアの未来派の詩と芸術だ。これはポーランド文化と芸術にたいへん重要なテーマだからね。彼女たちは、一応はソ連の社会主義リアリズムを受け入れているようにふるまいながら、しかし良心は失わないように慎重にしている。急いではならない。歴史を振りかえってみれば分かるが、時代は変転する。言うなれば、しばし、楽天主義によって凌ぐということだよ。急速に暗いペシミズムによって暴走しては元も子もない。損害をできる限り抑え、個人を大切にしながら、時代を待つ。そうそう簡単に民衆の新しい革命を幻想してはならない。ぶりかえしというものが必ずある。一気にダムの破壊というわけにはいかない。損害が大きすぎる。国家が大事か個々人の生が大事か。われわれの世代はそれを取り違えた。その結果の惨禍をすべて見て来た。

リラックさんは自分一人で相当飲んでしまっている。

5

ところで、異邦人たるパン・マサリク。では、ポーランドとは何か。そこを根源的に考えてみようではないかな。きみとわたしとの共通の研究と愛情の対象であるロシアの詩人パステルナークが、ポーランドをどのように感じていたか、格好の詩があるではないか。あれがすべてを言い切っている。

リラックさんは白髪をかき上げ、火の消えたパイプを銜えたまま、松葉杖をひきよせて立ち上がると、壁棚に並んだ本から小ぶりな一冊を手にして、また安楽椅子に掛けなおした。ほら、ここだ、ここだ。最後の詩集「晴れよう時」にあるこの一篇だ。きみも知っているね。はい、とマサリクは答えた。リラックさんは、渋みのある銀の声で音読した。そして読み終わると、さあ、これで考えてみようじゃないか。パステルナークはわがポーランドをいかな国としてほめたたえてくれているか。これはわれわれポーランド人が忘れている本質でもあるのだよ。これをこそ思い出すべきなのだ。詩人パステルナークがわがポーランドの国民詩人アダム・ミツキェヴィチの没後百年祭に寄せた詩「草と石」だ。この根源的なメタファーはなんという美しさだろう。いま今日のポーランドはこれを忘れてはなるまい。なるほどわれわれはエウローパの大地ではあるが、欧米資本主義の大いなる豊かさを夢見させる未来は一見麗しいが、しかし根源のところで、ポーランドの美質は何かを、このような過渡期であればあるだけ、押さえておかなくてはなるまい。おお、草と石！　ポーランド語で言えば trawa トラヴァ、そして kamień カミェニだ。然り、草と石だ。草とは、絶えず復活するいのちだ。石とは永遠不朽のメタファーではないのか。さあ、わたしはいま詩人のロシア語で朗読したが、どうであったかな。

6

きみは、きみの国のことばでどのように訳読するだろうか。

現実と幻想を
植物と花崗岩を
かくも親和させたポーランドとグルジア
その点で両者は血縁となっている

なんというひびきだろう。リラックさんは酩酊しつつ、自訳のポーランド語でも朗読した。いいかね、ポーランドとグルジア、この両者なんだよ。現実と幻想、植物と花崗岩。これが一体なのだよ。否、石は花でもあったか。なんということだろう。では、パン・マサリク、第二連はどうなっているのかな。

両者はあたかも春の聖母受胎告知祭に
数多の恵みを告知されたかのようだ
一々の石の割れ目の――土から
壁の下から生えた――草から

おお、ああ、春の、聖母受胎、受胎告知だ！　いのちの誕生についての何という比喩だろう。素晴らしいことだ。おお、受胎告知だ！
どれほど多くの恵みが告知されていることか。ほら、わたしたちの大地は、石の割れ目の土、壁の下から生える草から、すなわち、いわゆる雑草だがね、しかしいのちのうつくしさ、その多産力、そのような不屈の復活力、それこそがわたしたち自身なのだ。そしてわれわれはこのような首都にあってさえ、土と草によって救われているのではないのか。さあ、もっと先へ行こう。詩人は次々に列挙法で具体的に語るだろう。耳を澄ませようではないか。

その恵みの約束は
自然から　熟達した仕事から
芸術から　ありとあらゆることから
職業と学問の発達からひきつがれたもの

生命と草木の新芽から
遠い昔の遺物から
一々の小さな割れ目の土から
一々の壁の下から生えた草から

勤勉と怠惰の痕跡から
泉のように湧き出す会話から
さまざまな事象についての話から
ただのとりとめない無駄話から

さあ、パン・マサリク、ここはほんとうに素敵だよ。これはまさにわれわれの固有の気質のことじゃあないか。おお、勤勉と怠惰、その痕跡。そして泉のように湧き出す会話、これこそわたしたちだ。いや、いいかい、ここに、今使っているソロバンではなくものすごく便利な計算機が入ってくると、まったく便利窮まりないが、無駄話どころのはなしじゃない。きみはわれらのワルシャワを彷徨《さまよ》い歩いてとっくに気が付いているだろう。われわれの会話は泉のように湧き出すのだ。一見何の役にも立ちそうにないが、人が根源的に生きるということはそういうことだ。勤勉と怠惰の痕跡。ここにこそ恵みがあるのではないのか。

畑で背よりも高く伸び
頭上におおいかぶさる小麦から
一々の石の隙間の――土から
曲がった床板に生えた――草から

数百年もかかって灌木の上へと
大いなる過去と
未来の美しさを絡みつかせた
馨しく密生するネナシカズラから

崩れ落ちた城塞の
仕切り壁の間にゆらめく
紫と白との花房
その二つの色合いのライラックから

さあ、どうだね、このようにして数多の恵みを受けて、いや、受胎告知されたかのようにして、われわれはここに生きる者たちなのだ。これが、ポーレなるポーランドなのだ。そしてグルジアも然りなのだ。ふむ、この詩のリズムはまるでパステルナークが日々ショパンを弾いているようではないかな。ここはライラックのモチーフだ。おお、このように列挙を繰り返して、いよいよ結論の着地だ。

ここでは人々は自然力と親戚で
自然の力は人々と隣り合わせ
土は――一々の石のくぼみにある
草は――どの扉の前にも生えている

ここでは　ミツキェヴィチの誇り高い竪琴と
グルジア王妃と王子たちの

女中部屋や教会の言語が
神秘的に一体となったのだ

おお、女中部屋や教会の言語。これこそまことの婚姻ではあるまいか。官能的ですらあるね。さあ、これが詩人のポーランド観だ。ポーランドへの親愛の情だ。国に隔たりのない共通の根源、それはこの最後の連にある通りだ。とりわけてわたしは心が痺れる思いがするが、グルジア王妃や王子たちの言語、そして女中部屋で話される世俗言語《ブルガーレ》、そして他方ではミツキェヴィチの高雅なる詩の言語、これが神秘的な一体となった光景、まさにこれが人の存在の根源ではあるまいか。

さあ、パン・マサリク、きみもあやまたずそのように感じているのかな。さあ、言いなさい。マサリクに反駁などできるわけがなかった。まさにこの通りだと感じていたのだったから。

暗い星《チェムナ・グヴィヤズダ》のポーランドの夜と霧など、まるでなかったかのようにパステルナークは頌歌をここに歌っているのだ。いや、暗い星のことを知悉しているからこそ、根源をこのように歌ったのだ。マサリクは答えた。ええ、これがポーランドですね。グルジアについても、まちがいなくそうに違いありません。もし戦前戦後そして現在からの発信ならば、決してこれだけではないでしょう。しかし、遠い根源の、草と石、そして大地からの発信とすれば、自分にも明瞭に分かります。

そうです、新世界通りを歩きつつ、ふと中庭方式の建物の広い中庭に紛れると、世界は一変しますね。

草と石、土、春ならばほんとうに聖母マリアの受胎告知のような情景が起こっているのですから。ソ連社会主義の軛のもとですが、実ははるかに古い文化の伝統が中庭に、それがいかに侘しく貧しく見えようとも、そこで人々は、湧き出す泉のように世俗言語の会話をかわしながら、生きて、凌いでいるのですから。

よろしい。合格だ。さあ、パン・マサリク。わたしはきみに一つミッションを与えたいと思うが、引き受けてもらえるかね。マサリクはその内容も聞かずに、もちろんです、と答えた。

リラックさんは、松葉杖を突き、立ち上がり、古風で小ぶりな机に向かうと、手紙を書き始めた。

14章　モスクワへ

1

わたしたちは見つめ合った。一瞬間ではあるが、特別に鋭く探るような威圧的な、不快な視線ではなく、それとなく内心で笑みをこぼしているとでもいうようにマサリクは思い、はい、と答えた。その前に、ではすべての会話を録音するので、もってきます、と少佐が言ったのだった。マサリクはこの取調官の名前を知る由もないのだが、たまたま隣から書類を渡しに顔をのぞかせた若い男が、少佐殿《マヨール》、と声をかけたので、眼前に腰かけた人物が少佐であると知ったからだった。それで、なるほどなあ、少佐とは凄いな、まあ、そういうこともあるのだろうとだけ思いながら、チェーホフの戯曲「三人姉妹」の登場人物、恋する少佐とよばれたヴェルシーニンを連想してほっと安心した。ほらみろ、別に恐るべきところではない。マサリクは呼吸が楽になった。この人物は要するにチェーホフの《恋する少佐》さんと思えばいい、話し好きの。

いまマサリクはワルシャワのロシア大使館に、モスクワ入りビザ申請にやって来て、このような審問と言うべきか、根ほり葉ほり、モスクワ入りの目的について聞き取り調査を受けるところだ。

マサリクはリラックさんからモスクワ入りのミッションを与えられた。せっかくワルシャワに来ているのだから、この機会を逃してはいけない、ぜひ行きなさい。そして彼女に一目会っておきなさい。きみの仕事にとっても運命的な出会いになる。リラックさんが口にしたその彼女というのは、何と、詩人パステルナークの愛の片腕とも言われるオリガ・イヴィンスカヤのことだった。リラックさんは酔うまに楽し気になり、松葉杖を突きながら狭い室内を歩きまわった。ふむ、ふむ、然り、然り、まさに然り。彼女は戦後の詩人の創造のミューズであるんだが、ただのミューズではないよ、もちろん『ドクトル・ジヴァゴ』の執筆は詩人の仕事ではあるが、あの時代の労苦においてその仕事の支えは彼女をおいてはなかったのだ。まあ、母みたいな包容力だね。しかし彼女は、詩人亡きあとは、娘さんとともに逮捕されシベリアのラーゲリへと送られたものだが、どっこい彼女たちは無事に生きて帰還した。然り、パステルナークが『ドクトル・ジヴァゴ』でノーベル賞授賞ということになったが、あのときの反パステルナークキャンペーンの凄まじさは、作家同盟と国家ぐるみでのことだったね。そのときも必死で支えたのは彼女たちだった。痩せても枯れても、まだ愛することのまことが死んではいない時代だった。その後の彼女への誹謗中傷、悪評はあとを絶たなかった。献身の愛に対するやっかみ憎しみとでも言うべきか、はたまたまことの愛にたいする嫉妬とでも言うべきか。残念ながらわたしは手紙のやりとりはしてきたが、それもなかなか自由ではない。危ないからね。またこのわたしが、あの事件の最中に、訪ソなどもってのほかだった。わがポーランドも作家同盟はソ連に右へならえだった。わたしは、いいかね、戦後の詩人パステルナークには一度も会うことがなかった。一生の悔いに思っている。だから、ただわたしは詩と散文の仕事の翻訳においてだけ、ひさしくパステルナークとともに生きて来て、今に至っている。一生の悔いではあるけれど、まあ、先にも話したではないか。あの若かったわたしがポーランド人として赤軍に入り、オリョール攻防戦の戦場で詩人を間近に見たこと。それだけがわたしの職業を決定したのだ。出会うということは、そういうことなのだ。覚えているね。そうさ。出会いとは奇跡の別名と言っていいかな。人は出会いの集積そのものだ。出会いの金庫だよ。

ともあれ、パン・マサリク、ほら、このようにわたしは手紙を書いた。これを届けるミッションだ。それに、彼女を少しでも助ける義援金だ。といってもわずかな金額のドル札だが。なに、入国の申告書に持ち金を記載すればそれでいい。あはは、多くなって帰るのでは怪しいがね。さあ、きみは必ずオリガ・イヴィンスカヤに会いなさい。もいちど言うが、ポヴェリン・リラックの分もだよ。ああ、そうだ、それにね、彼女は実はポーランド女性なんだ。あははは。壁に幾つもきれいにならべてかけてある額入りの写真を外してもってきてマサリクに手渡した。若い頃の彼女だ。これがポーランド女性の美しさというものだ。マサリクはその清楚な美しさにびっくりした。女優のようですね。ぴったりとなでつけられた髪はどうみても薄色の金髪に相違なかった。薄幸の麗人のように見えた。それからポヴェリン翁は腰掛け、小卓のうえで、豆粒のように小さい筆跡で、イヴィンスカヤのモスクワの住所と電話番号を書き、そのメモをマサリクに与えた。それから言った。もちろん、わたしの翻訳書『ボリース・パステル

ナーク　空路とその他の作品』、ワルシャワ一九七三年、《チテルニク》判の文庫版は謹呈してある。生前のパステルナークにお贈りすることは間に合わなかった。

2

マサリクはこれらを心に保持して何も知らない者として、恋の少佐の前で、さて、いよいよ録音のスイッチがひねられるところだった。しかもその録音機は非常に旧式で大きな重い箱で、リールが眼の前で回る器機だった。しかし、とマサリクは訝しんだ。いちいちヴィザ申請者にこのような労力を使って録音記録を残すということであれば、厖大な記録となり、それを聞き返す時間を考えても実に非経済的ではないだろうか。それに自分のようなロシア語会話を記録したところでどうなるというのだろうか。大使館に足を踏み入れるときは大いに緊張したが、というのも黒い大きなロシアのヴォルガ車が烏の濡羽色にてらてらして、何台もつぎつぎに出入りしていたからだった。警備も厳重だった。少佐は特別にこちらに関心がありそうではないように見えたが、さあ、始めましょうと言ってスイッチをひねった。

モスクワだけですか。はい。なるほど、わずか三日とはもったいない。はい、しかし、ワルシャワ大学で仕事があります。なるほど。招聘の特任教授ですね。はい、そうです。で、モスクワは観光ですか。

はい、観光もあります。同時に、わたしはレーニン図書館と、世界文学研究所に寄りたいと思っています。ははん。で、レーニン図書館では何を。本です。どんな。はい、詩です。なるほど詩ですか、といきなり少佐が、にんまりした顔で、たとえばアンナ・アフマートヴァとか、マリーナ・ツヴェターエヴァは、どうですか。というと。お好きでしょう。まあ、はい。分かりました。で、世界文学研究所はどんな目的ですか。はい、アルヒーフを見たいのです。紹介状がありますか。いいえ。それなら無理でしょう。はい。この機会に調べたい作家の最後の作品の草稿断片が保存されているのです。なるほど、何という作家ですか。はい、ユーリー・オレーシャです。おお、オレーシャですか。ご存じですか。もちろんですよ。オデッサ出身のポーランド人作家じゃありませんか。はい、仰る通りです。おもしろい。で、その最後の作品というのは何ですか。はい、「一日とて書かざりし日なし」です。肉筆原稿のフラグメントがアルヒーフのボックスに保存されていると知りました。なるほど、それは知りませんでした。研究したいのですね。いいえ、将来、翻訳したいと思っています。どうしてですか。はい、仕事には常に動機があります。彼は、民族出自はポーランド人ですが、ソ連のすぐれたロシア作家です。スターリン時代を奇跡的に生き延びた稀有な作家です。なるほど。それじゃ、言ってください。あなたは何を知りたいのですか。はい。「一日として書かざりし日なし」はいわば作家の文学的日記、回想記です。

この直前に、少佐は録音テープを止めたのだった。録音機を挟んで二人は向かい合っていた。休憩ですよ、と少佐は寛いだ表情だった。よろしいです。分かりました。つまり、こういうことですね。われわれの国の歴史的苦難の時代に一人のポーランド出自の作家が、ソ連作家同盟の優れた作家として生き延びた。そして個人として生きた日記の記録から、あなたは作家の魂の声を知りたい。はい、活字本だけでなく、肉筆紙の筆跡断片を見たいのです。オレーシャは最後は鳴かず飛ばず、書けないでアルコール中毒だった。しかしわたしは彼の思い出の数々、それらの出会いと別れの物語に関心があります。なるほど、現実の歴史ではなく、個々の出会いと別れについてですか。なるほど。はい、言わば《別れの書》とでもいうような。よく分かりました。世界文学研究所訪問は、あなたがワルシャワ大学の招聘特任教授である身分証を呈示するとよろしいでしょう。そう少佐は言って、頬杖をついた。そうでしたね、そうだった。ユーリー・カルロヴィチはオデッサ出身だった。オデッサでしたね。思い出しましたよ。学生時代に読みました。夢のような名短篇でしたね。

こうして少佐の聞き取りはそれとなく無事に終わった。一週間後にビザはまちがいなく発給されますよ、少佐は立ち上がり、マサリクに、さあどうぞと退出ドアまで送ってくれて、いい旅を、と言った。こんな人物がいてこのような仕事をしているのか。マサリクは感謝をこめて、さようなら少佐《マヨール》、と言った。ひげの少佐はちょっと驚いたように、ウインクして見せた気がした。廊下にでると、仄暗い洞窟のようで、やがて綺麗な大理石が並んでいた。

3

その日、ヴィスワ川右岸、プラガ地区にあるフスホドニャ駅を発ってマサリクはモスクワへと向かっていた。しかしどのようにしてモスクワへ至るのか正確な地図も地理の知識もなかった。ただワルシャワから東へ東へと疾走すれば、やがて車中泊ののち翌日の午前中にはモスクワの白ロシア駅に着くのだ。フスホドニャというポーランド語は、東、という意味だった。イバ・ゼッフの似姿を探して日がな一日、露天ホームの菩提樹の木陰のベンチで夢想に浸ったもう一つの発着駅は、フスホドニャ駅に近接したヴィリニュス駅だった。あの鉄路はリトアニアの首都へ向かうのだが、こちらのフスホドニャ駅は、ポーランドもリトアニアをも支配するモスクワへとただひたすら東へと疾走する。もうそれだけで十分に思われたのだった。

4

国境のブジェシチ、ロシア側ではブレストだが、その要衝の駅にむかって列車は疾走した。長距離列車の車掌は言うまでもなくポーランド人車掌で、なかなか慇懃でひとあたりがよかった。寝台車のクペは幸運にも自分一人だと喜んでいたところへ、発車間際になって初老の軍服姿の人物が乗り込んで来て向かいに坐った。マサリクは挨拶した。相手は軽くうなずいただけだった。石みたいに寡黙だった。これでよく退屈しないものだ。マサリクは過ぎ去る車窓の風景を眺めた。どこまでも果てしのない平原と荒野だった。どこまでも変化のない平原の景色を眺めているうちに、これはこれで非常にためになる光景だと思われて来た。風土と生活と思想との関係について考えていた。このような広大な平原大地に一本の線をひいて国境にするというのはどういうことだろうか。これは相当困難な問題だ。見る限り川も見えなかった。せめて川でも山でもあれば、国境ということも分かりやすいのに。そしてマサリクは、こんな平原大地を、二十歳そこそこのポヴェリン・リラックさんが、ポーランドに帰還したい一心で、ソ連赤軍に入って、このような光景の大地を進軍し続けたのだ。敗退したナチス・ドイツ軍を追撃して、この大地に足を引きずった。補給物資も十分にない状況下で、とにかく先を急いだ。都市も村々も破壊略奪され、生きた人々もいない荒野だったろう。

やがてマサリクは車窓のお茶置きの台にもたれて眠気に襲われた。その瞬間、マサリクはブレザーの内ポケットに軽く手をあてがった。大丈夫だ。たしかに入っている。あと何時間かかるだろうか。ソ連国境のブレスト駅、ポーランド名でブジェシチまで、眠りたいと思った。向かいの軍人を見ると、ただ石のように一言も発せずに、眼を瞑りもせず、車窓へ眼をやるでもなく、ただ不動で坐っているだけだ。心地よい疾走音と揺れにあやされるようにして、マサリクは眠りに落ちた。そして、向かいの軍服の人物の声で目が覚めた。その人物は穏やかな顔でマサリクに初めて声をかけた。起きなさい、さあ、もう国境です。二キロ先から国境の緩衝地帯。ブレストはすぐです。それはポーランド語ではなくロシア語だった。マサリクは、ありがとう、と答えた。あなたはモスクワまででしょう。はい。わたしはブレストで下車します。

長距離列車はなんだか全体が黄色い車体のように輝きだした。夕日が射しているからだった。速度が落とされ、するともう広大な待避線が、まるで大地渡河作戦の現場だとでもいうように、数限りないほど多量の台車とか機関車、車列を黒々と、破壊された鉄くずのように堆《うずたか》く、幾つもの鉄路に並べて休息していた。いよいよ列車が速度をすっかり落として、巨大な倉庫の上屋の中に滑り込み始めた。するとどこから現れたのか、すぐ車窓の下に、よごれた襤褸着のままに見える子供らが、はるか下に見え、破顔、笑、路床脇で盛んに手を振り、そしてそれには年寄りの男女も交じっている。ロシア語の叫びもポーランド語の叫びも同時に小さな頭から嬉しそうにあがっている。

軍服姿の人物が言った。あいかわらず、ねだっている。外国人観光客が、ほら、窓から、チョコレートとかジェヴァチカを投げる。それで癖になっている。チューインガムですね。そうです。大人にとっては噛みタバコといったものだが、子供らにはよくない。

列車は止まった。子供らは鉄路をまたいですぐ下までやって来て、ロシア語もあればポーランド語もある。みんないい笑顔だ。まったく無邪気だ。国境なんて知らん、というような笑顔だった。そしてわんわん叫んでいる。マサリクは窓を力を込めて引き下ろした。干し草の匂いと油の臭いがまざったいい匂いが風と一緒にどっと入って来た。口々に質問している。それはまるでこのブレストの待避線を渡る風が、どこから来てどこへ行くのかと訊いているような声だった。ゼヴァチキ、ジェヴァチキ！　という声が上がっていた。軍服姿は下車の用意をしながら、だめですよ、くせになる、とマサリクに言った。また声が下から上がった。パピロスィ、パピロスィ、という声だった。マサリクは相客の軍服に訊いた。子供らはポーランド人もロシア人も一緒ですね。国境じゃありませんか。すると軍服は答えた。子供らは厳密に、国境を意識しておらないので、こうして集まって来る。なかにはもっと小さい子供も小さな紅葉手をあげている。マサリクは我慢できずに、ポケットに入れてあったワルシャワのキャンディーを窓から投げた。歓声があがった。

列車はブレスト駅構内に入線した。入線するとアナウンスがあった。軍服の人物は荷物もなく、手ぶらだった。そして、それではさようなら、いい旅を、と言い残して車室を出た。アナウンスがあっての ち、車輌から多くの乗客が下車した。アナウンスは、ここで小一時間、列車の台車を交換するので、ソ連入国者は出来上がるまで車室《クペ》で待つようにという内容だった。マサリクは自分もブレスト駅を見物にいったん下車しようかと思ったが、手荷物を寝台ベッドの二階に残しておくのは危ないと思って居残った。ポーランドの鉄路の規格は狭軌鉄道だったので、これからソ連に入るについては、列車の車輪台を狭軌から広軌の台車に丸ごと変えなければならないのだ。油圧で車輌を持ち上げ、そこに、待避線に厖大に用意してある広軌の台車を入れて取り換える。それにたっぷりと時間がかかる。そしてマサリクがちょっとでも構内をみておこうかなと車室から首を出したとたん、車輌の両方の出口が封鎖された。銃口を下に構えた兵士が出口に立った。車室に戻れというのだった。

それから順番に、係官が部下を一人引き連れてマサリクの車室に入って来た。さあ、掛けてください。これから国境検査です。彼が向かいに坐った。一緒の平服の部下が、たちまち上段ベッドにおいてあるスーツケースを引き下ろした。中を調べます。中身が取り出された。物色されたが失望に終わった。これはどうすべきですか、とマサリクは聞き返した。はい、あなた自身が入れなおしていいです。一緒の部下は出て行った。マサリクの向かいに掛けたままの係官はノートを膝にのせて記載している。鼻筋の通ったなかなかの美形だった。髪は褐色、眼は灰色がかかった青。平服の身形だが、それとなくシックだ。このような役人にしてはロシア語が心地よい響きだった。マサリクは想像した。職業はこのような入国管理であるけれども、これはそれなりのインテリゲントであろう。係官はパスポート、ビザ、ワルシャワ大学の身分証を見て、顔を上げて言った。さあ、それでは衣服の中の持ちものをここに全部出してください。

この瞬間マサリクに軽い戦慄が走ったが、すぐにリラックさんのことばが思い出された。いいかね、パン・マサリク、ブジェシチ駅で必ず持ち物の検査がある。いいかい、きみは外国人だからね、衣服につけたものは全部出させられるが、いいかな、これは自己申告です。彼らはきみに手を触れることはできない。外交問題ですからね。みずから出したものだけでいい。マサリクは思い出した。上着のポケットからもちものを全部出して。係官はそれを見た。分かりました。これで全部ですか。はい、全部です、とマサリクは答えた。彼はマサリクをなんだか煙のような睫毛で見た。笑みを浮かべてさえいるようだった。マサリクは内心焦ったが、はい、そうです、と答えた。係官は言った。全部ですね。よろしいです。さあ、あなたは入国が出来ます。それではよい滞在を、と言って立ち上がり、優雅な身のこなしで車室を出た。

マサリクのブレザーの内ポケットには、リラックさんが託したイヴィンスカヤあての手紙がしまわれていた。間一髪だった。リラックさんが言った通りだ。上着を脱がせて調べることも出来たろうに。身体には指一本触れなかった。イヴィンスカヤあてのささやかな義援金のドルはマサリクの財布のなかに入っていた。係官は財布の中のドル札の額を聞いて、記入し、小さな用紙を手渡してよこした。いや、ひょっとしたら、見通していて見逃したか見ぬふりをしたとか、それもありうるのではないだろうか、とマサリクはこの対応の一部始終から推し量った。やがて乗客が戻って来て、台車の付け替え作業も終わり、列車はソ連に入り、ロシア平原の夕暮れの中を疾走した。

5

ブレスト駅から車掌はロシア人に替わった。国境まではポーランド人の男性車掌だったが、彼の方が女性的な身のこなしでいかにも都市的に感じられたのも、ブレストからロシアになって、大地的なロシア人女性車掌になったからだったか。よく肥えてがっしりとして重力があり安定感があった。大地を踏みしめている感じがあったが、それはまた一種の農村的な雰囲気でもあったからだった。マサリクは夜のお茶を注文したが、ワルシャワのお茶とはまた一味違って濃密にさえ感じられた。そして列車はただひたすらモスクワに向かって夜を走りぬいた。マサリクは車室で一人だったので、安心して寝入った。眠りながらいくつもの夢を見ていた。

ブレスト駅に列車が滑り込む前に、列車のすぐ路床脇まで集まって来て、ジェヴァチカを投げよと叫ぶ子供らの笑顔に彼はとりかこまれ、せがまれ、自分がそんな子供の一人になったみたいに、彼らに手持ちのポーランドのキャンディーの施しをしているのだった。ロシア人の子供も、ポーランド人の子供も、何の違いも見分けもつかない。ただことばが、ポーランド語だったりロシア語だったりするだけの違いだ。マサリクのまわりに群がったのは五、六人だった。チョコレートを所望し、あるいはジェヴァチカはあるのか、と訊き、あるいはその中の親分カブらしい小柄な金髪の子供が、なかなかの口上手で、その子はポーランド人だったが、ついでに、タバコがないかとタバコを吸う手つきをし、くれというのだった。きみは幾つだと訊くと、九歳だと言う。学校には行かず、こうして駅に列車が入るのを待って、運が良ければ、ただ乗りで遠くまで旅をして、また乗って帰るのだという。乗り込んできて、また別のドアから線路に飛び降りるのだ。マサリクは、夢の中で、その子に、ポーランド製のマルボロの煙草を三本ぬいてあげることにした。きみは喫むのかと訊くと、ちがう、お姉さんにあげるのだと言う。マサリクは愉快だった。お姉さん思いだねと言うと、そうさ、仕事もなくて可哀そうなんだ。マサリクは思わずこの箱を丸ごとあげるよと言って渡した。九歳のもうすっかりおとなじみた子供は感謝のしるしとでもいうように握手を求める。するとすぐそばにまだ六歳くらいのやせっぽちの女の子が寄って来て、マサリクを悲しそうに見上げる。男の子は、ぼくはユリアン、この子はベアタ、学校に行かないでこうして列車を見つけては旅をしているのさ。家には帰らないの。ときどき帰るよ。パパとかママとか、いるんだろ。いないよ。そこへロシア人の子供たちが加わった。彼らは口下手だが、じっと見つめる眼が澄んでいた。彼らはジェヴァチカを欲しがった。それから鼻をかむ矩形の小さなティッシュ。マサリクが、いくらでも持っているよ、と与えると、歓声をあげ、みんなで分け合い、さっそく洟をかみ、それをまた丁寧に四角に折りたたみ、しまいこんだ。また使うのだ。けなげなことを言う。マサリクはいい夢を見ていた。自分が戦後の子供時代に小さな地方の町を走るガソリン車の排気ガスの臭いがよくて、嗅ぎたくて車のあとを追いかけたのが夢の中で思い出されていたのだった。その前は、トラックは炭を焚いていがらっぽい煙を振りまいていた。ここがブレストか、ポーランド名ではブジェシチだが、どちらでも同じことだ。問題は、子供に国境も言語の違いもどうでもいいことだ、子供らはみな同じなのだ、平等なのだ、そうして国境を越えて世界へと出て行くのだ。不登校であろうが、それはそれで構わない。外国人から煙草をねだり、その理由が、お姉さん思いによるというところが大事なのだ。いや、まてよ、もしかしてユリアンという子の、作り話だったとしても、そのような精一杯の知恵、生きる知恵、これが貴重なのではないのか。手に入れたマルボロをもしかしたら転売するのかも知れないぞ。マサリクは楽しい子供らの夢をみていた。自分だって彼らだったじゃないか。

そして列車はついに午前十時にモスクワの白ロシア駅に着いた。

ついに、白ロシア駅よ、とマサリクは下車の支度をした。いよいよデッキにでると、プラットホームで、背の高い婦人の駅公安みたいな、車掌ではないが、眼つきのきつい女性がマサリクの車輛の前に離れがちに立っていて、マサリクを見つめた。それきりのことだったが、気にはなった。マサリクは駅舎を出た。空気が違った。ガソリンが匂った。いい匂いだ。空気が、なんだかとても大きかった。人々は齷齪《あくせく》しているには違いないのだが、なんだか茫洋たる感があった。美しい建築だった。紫のライラックの花が咲いている。灌木には白のライラックの花房がゆれながら匂っている。菩提樹の花も同時に咲いている。少しも変っていない。十年前と少しも変っていない。しかしそれは植物の花だけであるようにマサリクは思った。モスクワはどっしりとした偉大な田舎町であるはずだったが、十年の間に、その面影がすこしずつ崩れかけたような空気だった。しかしモスクワはモスクワだった。マサリクは右腕を大きく水平に挙げた。たちまち白タクが来た。乗り込むとマサリクは大きな声でホテルの名を言った。

15章　金色の小さな雲

1

一瞬にしてマサリクはチェックインした部屋を飛び出した。フランスの外資系資本という巨大オアシスみたいな高層ホテルは眼下の市街の路面電車など無視して、広大なモスクワの蒼穹《そうきゅう》を遊弋《ゆうよく》しているかのようだった。部屋に入ってテレヴィをつけたとたん、ゴルバチョフが画面で演説をおこなっていたのだったが、その瞬間にモダンな受話器が鳴り響き、フロントからだなと思って受話器を取ると、明るくて太い声が響いた。こんにちは、ようこそモスクワへ。さて、市中へお出かけの際は行動にご注意ください、用心が肝心、ガチャンと電話が切れた。やはりなあ、とマサリクはこの脅しは、時としてワルシャワでも同様だったので、これは急げと判断した。電話は公衆電話だ。マサリクは飛び出した。

そして驟雨が来た。それから土砂降りが走り去り、小ぶりになったところを、路面電車の停留所前の公園の脇に公衆電話を見つけた。木々は埃っぽい匂いで濡れていたのに、新たに細い雨が降り出していた。電話機もガラス窓も、一面おみくじを張り付けたように、人々の求め物、売り物の走り書きがべたべた貼ってあった。その文字の筆跡は飛び跳ねていた。どっこい生きているね。マサリクはイヴィンスカヤの電話番号のメモを取り出した。発信音がプープーと鳴り響き、待つほどに、気配があって一瞬ひどくしわがれた濁声が不愛想に響いた。まさにオリガ・イヴィンスカヤ本人だったのだ。マサリクは大きな声を受話器に叩き込んだ。おお、これからすぐいらっしゃい。電話は切れた。まことに不機嫌な声に聞こえた。さあ、間髪を入れずすぐに来なさい。そういうことだ。マサリクはすべてを理解して、ホテルにとってかえして、ホテルの外貨ショップですでに買った高級ウォトカとマルボロの一カートンを袋に入れ、部屋を飛び出した。

雨は小降りだった。ホテルの前でタクシーに乗り込み、行き先を言った。できる限り急いでください。これじゃ、むかしむかし、雨に辻馬車をつかまえて、猛スピードでモスクワを突っ切れ、とでも御者に言っているような気分だった。タクシーはどこをどう走ったというのか、次第に場末のような込み入った地区に入った。なんとも侘《わび》しいあたりだ。ドライバーが、ここだ、と言ってくれるが、これじゃ通りと言うよりも、いや、裏通りというわけでなし、荒れ地の端っこにずいぶん古くから建てられた長屋住宅が建っているだけだった。他にめぼしい建物もない。あれでしょう、と言うので、その三階建ての長屋風のコンクリート建て集合住宅の前の、ぬかるみの道で、タクシーを降りた。支払いはドルで、お安いものだった。小雨はまだ降っていた。大きな水たまりをまたいで、相変わらず悪路のロシアよ、そうつぶやき、マサリクは、それが自分にとっては好きなんだと思いながら、いよいよ住宅棟の入り口に来ると、門とか生垣《いけがき》とか、鉄柵とかあるわけでなし、ただ目印のように成長の悪いライラック灌木が花房に雨をうけながらうつむいているだけだった。その隣にニセアカシアに似た太い木がたわわに白い花房をたらしている。マサリクは雨に少し濡れながら、この外庭を見渡した。日本にもよくあるような古びた鉄筋コンクリートの集合アパートに似ているが、ここはコンクリート半分、木造半分とでも言うようだった。しかも傾きかけている。そうとう古い代物だ。マサリクは、〈永遠〉からこの地上への客人である詩人の愛の人が、こんなところに住んでいるのか。そう、マサリクは、落魄感《らくばくかん》を覚えた。と同時に、それが厭だという気持ちではなかった。さもあるべきとさえ感じたのも本当だった。いいじゃないか、大きな水たまり、舗装のない悪路、鉄柵もない外庭、痩せたライラックの灌木、そしてニセアカシアのような勢いのある葉群と垂れた白くちぢれた花房。それに、おそらく、日本人で、ここを訪れたのは自分が初めてに違いないではないか。それも、ワルシャワからだ。マサリクは萎《な》えそうな気持ちを立てた。しかし、どの入口だろうか。右手、中央、それから左手奥にもう一つのようだ。雨の水たまりがいくつもあった。砂利が敷かれているわけでなし、ただの土の外庭で、水たまりには雨雲が映っているくらいの大きさだった。で、マサリクは回り込んで、外庭に足を入れようとしたとき、いつの間に現れたのか、灰色のレインコートの侘し気な中年男が、こちらを人懐っこそうに見て、こんにちは《ジンドブルィ》、と言ったのだった。つられてマサリクも、こんにちは、とポーランド語で答えた。そして一瞬のち、マサリクは思った。ポーランド語でだったのだ。向こうは、さしている傘から顔を出して笑みを浮かべた。それでもマサリクは、相手のポーランド語挨拶の含みも一瞬失念して、お尋ねしますが、イヴィンスカヤのクヴァルチーラは、どの入口でしょうか、と今度はロシア語で訊いた。すると、傘男は、ずいぶん親切に、ほら、あの右の入り口だ、と答えた。マサリクは礼を言った。ここの住人がたまたま通りかかったのだとマサリクは思った。いや、なんのその。傘男は顔が笑っている。振り向かずにマサリクは住宅の入り口に急いだ。すぐに階段だった。マサリクは息を切らすようにして上がった。廊下が伸びていて、廊下にはごみの袋が積まれていた。部屋はみな、廊下が外庭に向いてならんでいた。マサリクは部屋番号をすぐに見つけた。緊張して呼び鈴を鳴らした。

詩人パステルナークの愛と友情の右腕だった運命の女性に、いままさに対面するのである。この数瞬間の間に、マサリクの思いは妙なことに拘《こだわ》っていた。それは電話の濁声、嗄れ声と言えば、もっといい感じだが、どうにも声の質が流麗とは言われまい。しかも電話ではそそくさと、にべもないように急いでいた。それは当然のことだ。盗聴されていて当然だったからだが、それにしても、イヴィンスカヤほどの人の声が、こんなはずはなかった。そうマサリクは思ったので、それがいま本当にそうなのか判明するのが不安でもあったのだ。マサリクはこのドアが半開きになるまでの数瞬間のうちに、それはあんまりだと言うべきだったが、プーシキンの「スペードの女王」の老嬢をふっと思いうかべ、また同時に、そうだ、そうだった、と思い出したことがあった。チェーホフが晩年に結婚した女優のオリガ・クニッペル。彼女の肉声をマサリクは録音テープで聞いたことがあった。彼女は長寿で、戦後まで生きて、そのときの思い出を語る録音テープの肉声だった。その声はなんとも濁声だったではないか。まさに幻滅させるような声だった。もっとものことだ。男勝りのような声だった。夫チェーホフが亡くなったのが日露戦争後だとすれば、それから、ロシア革命、内戦、ソヴィエトの困難期、そして戦後だ。この歳月のうちに、名女優の美声はひびわれてしまったとしてもおかしくはあるまい。いまこれからすぐに対面するオリガ・イヴィンスカヤの電話の声に対する妙な先入観をいだいたことを懼《おそ》れながら、と、そこへゆっくりとドアがちょっと、明らかに警戒心ゆえにだが、隙間が開き、そこから窺うようにオリガ・イヴィンスカヤの金色の髪がのぞき、そこへマサリクが挨拶すると、安堵の声で、さあ、入りなさい。ドアが開いた。

2

おお、おお、おお、マサリクはただただ異邦から偶然によってこの出会いに、しかしそれはまた必然によってついにもたらされた初めての対面の出会いだったのだが、一瞬にしてまるでチェーホフ劇の舞台の一情景のさなかに客席から招じ入れられた一人のようだった。眼の前には、まさにオリガ・イヴィンスカヤが両腕をひろげ、そのあたたかな羽毛の翼というべきだろうか夏衣に長いロシアの肩掛けを纏《まと》って、ようこそ、ようこそ、金色の産毛のような微笑を一杯に浮かべ、明眸《めいぼう》はうっすらと青みがかっていて煙るようで、彼女の髪はまるで夕べの金色の小さな雲のあつまり、櫛など入れようもなく渦巻いていて、マサリクはあたたかくその二つの翼で、そっと包まれ、舞台にあげられて、そのご本人がチェーホフ劇をいま演じている「桜の園」のラネーフスカヤ夫人役の名女優のようだった。ラネーフスカヤ夫人ではあったが、もう少し小柄で、小柄なマサリクとほとんど変わらない背丈なのだったが、一回りオーラがあって、その円光のような空気は、ことばうるさいようなチェーホフ劇のラネーフスカヤ夫人とは異なっていた。けれども、そのように抱擁をしてのち、すぐに、室内に向かってマサリクを導いた。うしろについてみると、彼女はもう若い彼女ではなく、さすがの七十を越えたはずの老いの気配がその足どりに感じられたのだった。ここは、空間がどれくらいの割り当て平米にあたるだろうか、ワンルームの広さが、舞台の書割りにそっくりだった。

そしてこの一室の舞台は、チェーホフ劇の仕上がりのように見えたのだった。彼女が、さあ、いらっしゃいとマサリクをいきなり窓辺へといま導いているのも、劇の進行といってよかった。もし、緻密な写実の演出家スタニスラフスキーだったら、この室内を事細かに、一つとして見逃さずにスケッチして、それをもとに舞台にしていることだったろうが、スケッチするまでもなく、オリガ・イヴィンスカヤのこの終《つい》の棲家である、うら寂びれた場末の集合住宅のそのクヴァルチーラ、アパルトマンの一室がそのまま、スタニスラフスキーの絵コンテをはるかに超えていたのだった。マサリクは、これはスタニスラフスキーよりは、メイエルホリドだと思い、彼女に背後から数歩、数歩、というのも狭い舞台なので、あちこちにぶつかってはならない。すると、窓際におかれた小さなテーブルには四人の老婦人たちが集《つど》っていて、こちらを振り向き、そのままおしゃべりを続けた。オリガ・イヴィンスカヤは彼女たちに、少しお待ちなさいと言い、そして早口でマサリクのことを言い、それよりも先に、家の前にいたでしょ？　と問いかけ、誰がですかとマサリクが問う前に、彼女はちょっとこわごわするようにしてレースのカーテンをちょっと引き、おお、ほらほら、そう言い、それから今度は安心したように不安のない声で笑った。マサリクも窓の外を見下ろした。なるほど、外庭の入り口わきの、ニセアカシアらしい木の横で、まだ雨傘をひろげたまま、マサリクにポーランド語で挨拶した人物が立ちんぼしている。ほんとにごくろうさんですよ、毎日毎日。マサリクは言った。はい、さっき会いました。ポーランド語でぼくに挨拶しました。彼女は指を立てて、ほら、ごらんなさい。あなたがワルシャワから来たことがとっくに通じている。それから、ふたたび彼女はふっくらとした金色の小さな雲のようなオーラになった。マサリクは、この一室の書割りの中で、小さな椅子に坐ることになった。

マサリクは彼女のこの一室をすばやく、過《あやま》たず、スタニスラフスキーの舞台スケッチのように心に書き留めた。

事物がありすぎた。しかしそれでいてその混沌さの秩序は決してわずらわしいものではなかった。まず、窓際には棕櫚みたいな観葉植物の鉢。その脇にテーブル。そこに老婦人たちが掛けている。彼女はマサリクのそばに掛けて、彼女たちはみな芸術家関係の知り合いで、寡婦で、よくここに集まって来ては、年金や病気のことをテーマに議論をしているというのだった。そのテーブルに二つ折りの衝立が立っていた。そしてもう一つに小卓が中央にあって、小ぶりな籐椅子。二人はそこに掛けた。そしてここにも衝立がおかれ、衝立のかげに、ベッドが置かれていた。質素な低いベッドだった。ベッドには明るい色のベッドカバーがかかっている。その壁には、ただ一つだけ額がかかっていた。それにマサリクが見惚れると、彼女は喜んだ。若き日のオリガの美しいプロフィールだった。そして、マサリクが、入室したときから不思議に思った、大きなデスクを左手に見た。初めはゆっくりした口調だったが、彼女は話し始めると次第に早口になるのだった。いや、それが本来のロシア語会話の速度だったが、早口になると彼女のロシア語はいったいどこでピリオドがあるのか見当もつかなかった。それでもマサリクは彼女のことばに慣れていった。そしてかならず切れ目には、ね、そうではなくって？　というような問いを入れるのだったから。もちろん多少分からなくてもマサリクは、そうですね、と答えたのだ。

そしてこの一室の書割りは、事物が混沌としている割には、スタニスラフスキー的に言えば、物足りないことだったろう。もし、チェーホフだったら、この場面のト書きには何と書いたことだろう。

マサリクは小卓でオリガ・イヴィンスカヤと向かいあった。詩人パステルナークが背後霊として彼女を守護しているにちがいなかった。早口で泉のように湧出することばの流れはパステルナークとともにあった喜びと苦難の十四年の歳月によって、瓜二つになったことばにちがいなかった。はっと気がついたというように彼女はまるでうっとりとゆっくりした歌うような口調になった。そして子供らしい笑顔になった。その表情には、若かった日々の、どんなにか美しかったか、その面影が陽炎になってゆらめきさえしているのだった。彼女はポヴェリン・リラックの小さな手紙を、眼鏡をとりだしてかけてから、黙読した。読み終わると、ああ、ああ、リラック博士、わたしたちのポーヴシュカ、なんという友愛でしょう！　彼女は眼をうるませて言った。ボーリャの死後、こんなにもう二十五年も過ぎたというのに、ポーヴシュカはわたしのことを忘れていない。いいですか、若いマサーリクさん、ドクトル・ジヴァゴのノーベル賞事件、あのときのもっとも悲劇的な困難時期に、リラック博士はポーランド作家同盟のなか、唯一ボーリャの芸術の擁護の論陣を張ったのですよ。ああ、まだまだお元気なのだ。わたしも元気を出さなくてはなりません。手渡す好機がなかったマサリクはこのとき内ポケットから、リラックさんから託されたドル紙幣を二つ折りにして、彼女に差し出した。リラックさんから託されました。あなたのために。オリガ・イヴィンスカヤは嬉しい悲鳴のような笑いをあげた。おお、神よ。彼女は数えもせずに、夏衣のポケットにさりげなくすべりこませた。ああ、なんという友情でしょう、彼女は黄金色のやわらかな小さな雲のような頭を振って言った。やれやれ《ニチェヴォ・シェベエー》……、わたしが娘のイリーナと一緒に、外為法違反という濡れ衣で、シベリア送りにされたけれど、もう、そう、もう、ボーリャが亡くなって直後のことだったから、そう、二十五年ですよ。『ドクトル・ジヴァゴ』の印税がイタリアから持ち込まれて、それが罪になってね。

　そこへ呼び鈴が鳴って、夏ワンピースの女性が部屋に入って来て、オーリャ叔母さん、帰りましたよ。幸い、サクランボのジャムとケーキが買えました。行列が大変だった。そう言って、客人がいるのを知って、さわやかに、しかしちょっと戸惑いがちに挨拶を送ってよこした。オリガ・イヴィンスカヤは籐椅子に掛けたまま、彼女を傍に呼び、さあ、こちらはワルシャワのリラック博士の客人です、いいですか、ヤポニアのパステルナーク研究者ですよ。マサリクはちょっとたちあがって挨拶をした。彼女は言った。イレーナです。オーリャ叔母さんのお世話で来ています。彼女はそう言ってすぐに、キッチンがあるほうに姿を消した。

この室内の書割りで言うと、ドアのすぐ左手が奥に引っ込んでいた、そこにトイレと洗面スペース、そして小さな洗濯機がある。室内に入るとすぐに靴脱ぎスペースがあって、室内履きに履き替えるのだった。そのときマサリクは、洗面所のスペースの横に、もう一つ細長いスペースがあって、そこがキッチン兼食卓になっているのが見て取れたのだった。姪のイレーナさんはそのキッチンに行ったのだった。

物憂いような、すこし蒼白な、憂愁が眼元にただよっている彼女の残像がマサリクに残った。そうだ、まるで、舞台のようだとマサリクは思った。役柄はこのように出入りするのだ。オリガ・イヴィンスカヤはちょっとそわそわした。さあ、マサリーク、あなたのうしろにある大きなデスクは何だと思いますか、と彼女はゆっくりと立ち上がった。いらっしゃい。マサリクも立ち上がると、気が付いていたはずだったが、とても大きな頑丈なデスクが、室内を睥睨しているように据えられている。窓辺に導かれたとき、そばを歩いたはずだったが、何であるか気づかなかったのだ。彼女はそのデスクの端に、手を置いた。マサリクには大きな棺のようなデスクに見えた。しかもそこは光の関係で帷《とばり》におおわれたように仄暗かった。

彼女はその前に立ち、片手をその端について、ほら、ごらんなさい、というのだった。ボーリャの祭壇ですよ。

マサリクは初めて気が付いた。大きな棺に見えた木製の真っ黒い大机は、その奥が壁際まで、壁龕《へきがん》のようなつくりになって、そこに小さなイコンが飾られ、そこにパステルナークの笑顔の写真立てがすえられていたのだった。そして、火はともされていないが、銀色の燭台にロウソクが立っていた。彼女は大机の祭壇に片手をつきながら言った。そうですよ、毎日お祈りをするんです。そしてボーリャとお話をします。マサリクは胸を突かれた気持ちになった。

零落ということばがあるが、その境遇がこの大きなデスクのイコンとともに、いたましく感じられたのだった。ここだけが彼女の魂のよりどころなのだ。パステルナーク亡き後二十五年、このひとはもう七十を越えているのだ。そして、パステルナーク生前から、彼の身代わりになって、みせしめに逮捕され、獄中で拷問を受け、六年間を生きぬき、モスクワに帰還した。そして、詩人の『ドクトル・ジヴァゴ』が完成し、イタリアで出版された。それからが地獄のような反パステルナークキャンペーンが荒れ狂った。そして死のうとさえ思ったパステルナークの心を耐えぬかせたのは彼女だった。

オリガ・イヴィンスカヤはいまこの棺のような大机の引き出しに手を掛けた。マサリクはとっさに、このような書き割りこそ、このような絵コンテこそ、スタニスラフスキー的な精緻な舞台スケッチではなく、パステルナークが愛したメイエルホリド演劇の場面のように思った。老いたオリガ・イヴィンスカヤが抽斗《ひきだし》に手をかけ、重さできしむような抽斗を引きにかかった。大きな抽斗は手がはいるくらいまで引き出された。オリガ・イヴィンスカヤがやわらかい、のんびりとした、明るくてすこし甘ったるい発音で、ほら、ほら、さあ、みてごらんなさい、とマサリクを促した。そして幾枚かの写真を取り出した。パステルナークが破顔一笑していたり、顔をつくっておどけているもの、彼女とともに写っているもの、それらはみな、彼女とともにあった歳月の厖大な写真だった。

マサリクは、このとき、メイエルホリドの演出だと思ったのは、この重くて大きな抽斗を、力をこめて彼女がひきだしたその契機についてだった。たちまち夢のようにそこに歳月の、愛の名による歳月の写真が、貝塚のようにかさなりあってことばを発していたのだった。しかしこれらがすべて幻影にすぎないことであったのだろうか。彼女はつぶやいていた。このような混沌とした堆積を整理する余裕もなくここまで来ましたよ、生き残ったものは、そのあとを生きることで精いっぱい。そうですよ、若いマサリーク、わたしのような年齢になると、愛もまたその意味を変え、そして深くなります。譬えて言えば、魂の愛の方がはるかに高くなります。

オリガ・イヴィンスカヤはふたたび抽斗をもとに戻しながら言った。そうでしょう。わたしたちのような愛がこの世にあったことなど、誰がおぼえていてくれるでしょうね。若かったわたしがもうこの世にいないのとおなじように。いいですか、もし芸術という永遠がなかったら、わたしたちはほとんど何の意味もないことになっていたでしょう。わたしたちはそれを信じて生きたのです。

お茶の用意ができました、とエプロンをしたイレーナが運んで来た。窓際で年金や病気のことで情報交換をしあっている老婦人たちへ運ばれていった。それから、オリガ・イヴィンスカヤとマサリクはこの部屋壁の裏側の細長いキッチン席に行き、そこに並べられたお茶とサクランボのジャムをいただくことになった。イレーナが戻って来て、一緒に坐った。ささやかな宴だった。オリガ・イヴィンスカヤは、マサリクが持参したタバコを一箱とりだした。それから、イレーナに許可を求め、脚付きグラスの百グラムぶんのウオッカを自分で注いで、出会いを祝して乾杯した。彼女は、ジャムを一匙すくって食べてから、一気に、クッとウオッカを飲み干した。オーリャ叔母さん、一杯だけですからね、とイレーナが言って笑っている。イヴィンスカヤは美味しそうにタバコをくゆらした。

ねえ、イレーヌシュカ、もう五十グラムなら、いいでしょう、と彼女はウオッカをせがんだ。姪のイレーナは、マサリクに目混ぜして笑った。叔母さんは自分でもう半分注いで、飲み干した。気分が高揚したにちがいない。陽気になり、再び早口のことばがほとばしり出た。その話は、マサリクにはほとんど文脈がわからないくらいだった。イレーナが、時折、翻訳してくれた。それから、オリガ・イヴィンスカヤは眼を潤ませた。さあ、プロフェッソル・マサリーク、さあ、わたしたちの奇跡的な出会いを記念して、いいですか、あなたの好きなパステルナークの詩を、そらんじなさい！

いきなりだったが、マサリクは困惑しなかった。さきほど、大きな机の祭壇を、その抽斗の写真を見ていたので、とっさに、好きな詩が思い浮かんだのだった。

はい。それではそらんじます。

ヤシチク、箱、動く箱、抽斗、棺のような大きな机、祭壇。オリガ・フセヴォロドヴナ。それで思い出しました。パステルナークの初期の詩「発着駅《ヴァグザール》」です。第一聯をそらんじます。

そして初行を声に出すやいなや、すぐにイヴィンスカヤがそのあとをそらんじた。

その声はまるで金色の雲がおそるべき雨雲の渦に追われて行くような輝きの残りのようにマサリクには聞こえたのだった。すぐかたわらに七十歳を四つは越えたはずのイヴィンスカヤの渦巻くようなプラチナの渦巻き髪がゆれ、それが金色の雲に思われ、雨雲は時代のおそるべき老いの苦のように思われたのだった。しかし彼女の声は、あまやかで、美しく、歌のようにひびいた。

発着駅よ　ぼくのかずかずの別れの
出会いと別れの耐火性の抽斗《ひきだし》
ぼくをみちびく経験をつんだ友
ひとたびその功績《いさおし》を数え上げれば――きりがない

そして老いらくのさびしさが漂う優雅でゆっくりとした声は涙声になっているのだった。マサリクは聞きながら思った。二度繰り返してそらんじられた「耐火性の抽斗」のところで涙声になった。

箱も、抽斗も、同じ箱《ヤシチク》には違いないのだ。「耐火性の箱」と同じだから、むしろ、思い切って、「燃え尽きない耐火性の金庫」とでもしよう。出会いと別れの発着駅と大きな箱は、思い出の耐火性の金庫なのだ、大きなデスクの抽斗なのだ。いや、いまは棺の祭壇なのだ。

彼女は「発着駅」の暗誦を終えると、ため息をついた。いいですか、マサリーク、この詩は、わたしが生まれた年に、つまり、一九一二年に、書かれたんですよ。一九一二年ですよ！　少女期のわたしはこの詩によって癒されたのですよ、分かりますか？

3

いま別れて来て、初めての出会いは、マサリクがイレーナに教えてもらった場所でようやくタクシーをつかまえて乗り込んで疾走し始めた瞬間に、もうすでに過去になってしまい、たった今しがたの近過去がまるで未来の像のように思い出となって、彼の耐火性の金庫の中にしまわれた。一時間半もお邪魔してしまったことを詫びつつ、マサリクはオリガ・イヴィンスカヤの悲しそうな黄金プラチナの雲に別れを言った。いいえ、と彼女はドアの敷居に立ち、ドアに手をかけながら言った。いいえ、そうですよ、いいですか、五年後はボーリャの生誕百年です、さあ、あなたはもう一度百年祭に来なくてはいけませんよ、わたしは待っています。それは五年後の一九九〇年のことだ。マサリクは、もちろんです、と勇まし気に答えた。さようなら、お元気で、とマサリクはことばにつまった。というのもいつでも別れは、最後の別れともなりうるからだった。神がともにありますように、と彼女はつぶやいた。室内では集っていた老婦人たちが、オーリャ、オーリャ、と彼女を呼んでいる。イレーナが外庭まで見送りについて来てくれた。雨は止んでいたし、空には薄衣の夏雲が、この下界を、この侘しいただ一棟だけ孤島のように残された集合住宅を見下ろしていたが、ニセアカシアの花房とライラックの花房は一緒にならんで、イレーナの肩のあたりで雨しずくを残して静かに立っていた。もう見張りの同志スパイは時間で引きあげました。あ、そうですね。そうだった。振り返ってイヴィンスカヤの窓を見上げると、彼女がカーテンの脇から、こちらを見、手をふっているのが分かった。イレーナは言った。オーリャ叔母はあきれるほどオプチミストです。マサリクは答えた。そのようですね。ええ。あんな目に合って来ているのに、苦難はみんな忘れてしまうのですよ。

マリリクもライラックの傍らに立って、思った。ほんとうにそうだ。オーリャ叔母さんは、とイレーナが言った。二度もラーゲリに送られて、強制労働はしなかったけれど、だって知識人でしょ、ラーゲリの図書の司書を任せられたと言っていました。それでね、言っていました。ラーゲリでは、善き人はますます善き人になり、悪い人はますます悪い人になる。そういって笑っていました。しかし、とマサリクはその善きことばこそがオプチミストの最後の砦の信念のように理解した。ますます善き人になって、無事にこの世に帰還できるだろうか。イレーナは言った。帰還できるのはいわば奇跡。帰還できるかどうかにかかわらず、善き人になることだけが最後の砦、と彼女は言った。それでは、マサリクさん、お元気で。リラック先生宅にわたしのあの画布が飾られていることを知って誇らしく思います。どうぞよろしくわたしの挨拶をつたえてください。さあ、タクシーは、あそこの角を左に曲がって、悪路ですから気を付けてください、そこで待っていると、ソコリニキ公園から流れてくるタクシーがつかまるでしょう。

　マサリクはまるで初秋のような風をうけ、イレーナにさようならを言った。そして、しばし歩いてから、大慌てで振り返り、五年後に！――大きな声で言った。

　聞こえたかどうか、もう彼女の憂愁の面影はニセアカシアの花房の陰に隠れていた。

16章　秋が来て

1

リラックさんがクリミアのヤルタでの避暑から帰って来て、ようやくマサリクは再会し、オリガ・イヴィンスカヤ訪問ミッションの報告をした。リラックさんは小さなソファーに掛けて、夏に疲れたように見えた。

彼は言った。いいかね、この歳になると、どの夏も最後の夏に思われてくる。パン・マサリクのようにまだ四十に手がとどいたばかりの者には分かるまい。はい、とマサリクは返事をしたが、いいえ、そうでもありません。いや、きみとわたしの言う最後の夏という意味が違うんじゃないかな。わたしの言う〈最後の夏〉とは、文字通りだよ。これで最後だな、ということだ。きみたちの場合は、まだまだ恐ろしいくらい先があるから、いくらでも夏は予定されている。つまり、きみたちのように若い場合は、言うなれば、〈去年《こぞ》の夏〉に過ぎない。ラスト・サマー、というわけだ。いや、別に羨ましいとは思わんがね。だって、それぞれの世代にはそれぞれのレゾン・デートルがある。そう言って、冷めた紅茶を啜るリラックさんはとてもペシミストな感じに思われたのだった。

マサリク自身はというと、たしかに自分も、もうこの大地でのひと夏は終わったのだから、秋にはここを立ち去ることになる。そう思うと、どんな一瞬であっても忘れられない思い出になって、すぐ眼前に再現されるようにおもうのだったが、しかし、リラックさんのいうような深い憂鬱な思いはなかった。またいくらでも夏はある。次々に夏を越えて行くだけのことだ。それがどういうことであるにしろ、というふうにマサリクは感じていた。

リラックさんは言った。クリミアの黒海だが、何年ぶりで再会したことになろうか。ヤルタでね、ほら、作家同盟の知人が、これは売れっ子だがね、豪勢な別荘を構えていて、わたしを憐れんでかな、保養に来いと誘ってくれた。それはもう快適な暮らしだったが、どうも疲れたね。この小さなアパルトマンに帰って来て、ほっとした。しかし、黒海の海はよかった。それとなく古代の希臘《ギリシャ》の風があるんだね。おお、もちろん、チェーホフの別荘が記念の家になっているので、訪ねた。これはよかった。実によかった。驚いたことに、生垣が、何とまあ、幾種類ものバラの花で埋め尽くされていた。うむ、ぜんぶ、生前のチェーホフが植えたものらしいがね。黒海。そして彼が愛したバラの花。リラックさんはここでやっとパイプに火をつけた。

マサリクは言った。チェーホフの故郷はアゾフ海のタガンローグでしたね。つまり南の海が故郷。だから、終の棲家は、ヤルタというのは自然なことだと思います。リラックさんはパイプをふかし、ふかし、これは盲点だったね、と言った。マサリクはその瞬間、おやおや、チェーホフはほんとうにロシア人だったのだろうかというような妙な思いがよぎった。いや、まちがいなく南部の海のロシア人には違いないが、しかしロシア人を超えているのではないか。それはもちろん彼の父方は古くからの豪農で租税も納めているくらいの豪家で、農奴身分ではあっても少しわけが違う。そんなことを思いながら、マサリクは、チェーホフが終の棲家をヤルタに用意したことの意味が、不意に、盲点のように、ほどけた気持ちになった。てっきり、モスクワとばかり思っていたからだった。根っこは海のチェーホフだったのだ。そのことを、リラックさんに言ってみると、その通りだね、そういうことだねえ。

しかし、わたしには終の棲家ともいうべき、あのような別荘なんかない。この小さなアパルトマンが終の棲家だ。内務省のビルに見られてね、アハハハ。わたしのような翻訳家では、この国ではとても厳しいよ。仕事が来ないとどうにもならない。お呼びがかからない。しかし、いやなものはやりたくない。これぞという芸術作品なら、検閲の眼をごまかしても見事に翻訳できる才はあるが、どうにもそのような作家を見出すことができないのだよ。だからね、裏商売と言ってはなんだが、子供向けの本の翻訳で、こうしてここまで凌いで来られた。ほんとうは、この齢になってだが、戯曲の翻訳がしたい。しかし、チェーホフはあらかたぜんぶそちらのプロにとられてしまい、わたしごときが参入できるような事情にはない。自由ではないんだな。まあ、そんなことはどうでもいいんだが。

それで、とリラックさんは、イヴィンスカヤ訪問についてあれこれと尋ねた。マサリクは一部始終を話した。

リラックさんは目頭を押さえるようにした。あの方の苦労は尋常でなかったなあ。はい、そう思います、とマサリクは相槌を打った。ドルを二つ折りにして渡したことを言うと、リラックさんは眼を細めて喜んだ。アハハ、相互扶助の心だ。よかった。さりげなく、すっと夏衣のポケットに、そう、ちょうどエプロンに入れるみたいにして、入れましたよ。ふむ、そうであろう。それがほんとうだ。貧乏してこその所作だ。パン・マサリク、よくやってくれた。で、ずいぶん歳をとってしまった印象であったかな。マサリクは、いいえ、全然です。それなりにお齢ですが、魂とことばは、若々しい。びっくりしました。ウオッカも、姪のイレーナさんに注意されていました。ほほう、まだそんなに飲むか。はい、グイっと飲みます。タバコも美味しそうにくゆらし、老婦人たちが年金とか病気のことで、集まっていました。

リラックさんは、そうさ、あの絵が、イレーナの絵だ。彼女はどうだったかな。いい方でした。芸術家、ということばは、画家のことを言いますね。そういう方でした。でも、それとなく憂愁にふさぎ込んでいる印象を受けました。マサリクが率直に言うと、リラックさんは言った。ああ、生きることがどんなにたいへんだろうか。絵画芸術だからね。パンと直結するのはほんの一部だけだ。

リラックさんはため息をついた。これはわがポーランドでも同じだよ。きみも新世界通りでずいぶん画廊を回って見たそうだが、みなそれぞれ生きるのがたいへんなんだよ。ええ、マサリクは答えた。でも、なんだか楽天家が多かったですよ。未来の成功を信じているからというのではなく、そういうことではなく、成功を収めるということよりも、自分という個性に誠実でありたいというような感じでした。

もう早い秋だったのだ。マサリクはもう、帰国の支度をしなくてはならない頃だったのだ。リラックさんが、最後の夏だと言ったが、マサリクにとっては、これがポヴェリン翁と語り合う最後になるに違いなかった。こうして、わけへだてなく話して、耳をかたむけていられる、ともにあるというこの時間が、奇跡であるように思われるのだった。リラックさんは話を継いだ。まあ、ただひと年の滞在で分かるわりがないにしても、にもかかわらず、きみが一年の第一印象を信じるとすれば、きみにはわたしのこの大地がどう感じられたのかね。いや、まあ、無理してことばにしてはいけない。すべては、歳月によって、純化され、ほら、濁り水が澄むようにだ、新しく見えてくることもあろう。その見えてくることさえも、わたしなら〈復活〉すなわちふたたび立ち上がる《ポフスタチ》という動詞で言い換えるだろうね。このわたしの国は御覧の通りだが、そうそう簡単にケリがつくというような成り立ちではない。わたしは別に政治的言語から言うのではないけれども、国と言う場合、よほど慎重にしないとならないと思っている。

おお、そうだった、パン・マサリク、きみはワルシャワ大学の同じヤポニスティカだから、コタンスキ教授はよくご存じだろう。はい、とマサリクは応じた。ヴィエスワフ・コタンスキ教授だよ。ヤポニスティカの創設者でもある。つい先日、来年に初に刊行されることが決定したという生涯の労作、つまり、パン・マサリク、きみの国の古代英雄譚かな、《KOJIKI古事記》のポーランド語全訳と注釈本、この校正刷りを拝見する機会に恵まれたのだ。なんでも、その武人でもあり詩人でもあるヤマトタケルノミコトというえらく長い名前の皇子が、遠征の途次、ついに疲労困憊して死ぬ直前のことだが、故郷のヤマトを思って歌う詩があるんだね。そのポーランド語訳が実に見事なものだ。わたしもロシア文学の翻訳家でもあるが、彼ほどの碩学ではない。

で、パン・マサリク、なにが心に残ったかというと、それはこうだ。ヤマトタケルノミコトという皇子が故郷を思って歌う歌。その一言に、"rodzinna ziemia"つまり、故郷の土、故土、ようするにヤマトという国、その国がどんなにうるわしいかをほめたたえている。

いいかね、パン・マサリク、われわれに必要なのは、このような、ロジンナ・ジェミヤ、すなわち、ちいさな程度の故郷なのだ。個人に換言すれば、埴生《はにゅう》の宿といってよかろう。これをないがしろにして、広大な領土としても国、近現代いうところの国民国家という概念でひとくくりにされては、たまったものじゃないね。近現代で国を考えるとき、統合国家以前に、つねにその源である地方、地域の、それぞれの故郷。故土こそ幻視しなくてはならんのだよ。わかるかな。何事につけて、つねにそこを思うことなのだ。

いいかい、パン・マサリク、ヴィエスワフはただ知的興味で、きみの国の古代の物語を翻訳したわけではないと、わたしには分かっているのだよ。彼もまた、わたしと同世代でね、彼は若くして国内軍に身を投じて、パルティジャーノとして戦った組だ。わたしは彼から聞いたがね、ほら、あのような二メートルあるほどののっぽだろ、それで銃を担いでポーランド平原を追われて逃げるのだが、何一つ身を隠すものがない、せいぜい麦藁の束一つ二つ。それでも生き延びた。これだって奇跡だね。で、戦争が終ってすぐにワルシャワ大学に復学して、きみのくにの《古事記》が生涯の杖となった。

これは同世代の意識として、わたしには手に取るように分かるが、あの戦争からの逃避なんかではないね。近現代国家思想による戦争の淵源をたずねる探求心なのだ。そして、最低単位の、〈ロジンナ・ジェミャ〉に着目した。そんな古代に戻ってどうなるのだと言う者がいるだろうが、いや、そうではない。その根源の故郷に、再生復活のヒントがある。われわれはその意味で、一見して非政治的人間に見えようとも、本当を言うと、きわめて政治的人間なのだ……

存在の根源に立ち戻ることでね。いいかい、わたしだって、すでに話したと思うが、ソ連赤軍に身を投じてまで故国に、故郷に、故土に、一目会いたくて、死をも覚悟のうえで進軍した。なにも、ポーランド独立とか、そんなことまで考えなかった。ただ故郷、故土、小さな町、父祖の形見のような小さな領地。それらのゆるやかな連合体だけでもし国が成り立つならどんなに麗しいことか。しかし、現実はそんなものではなかった。これで、どうかな、パン・マサリク、わたしがとにかく詩人パステルナークを追い求めて生涯やってきたことが。どうかね、リラックさんはマサリクの手を握りしめたのだった。

マサリクはことばを探して、言った。リラックさんは、ポーランドのロマン派の系譜ですね。何と、この老いらくのわたしが？　ええ、そうに違いありません。どこかに、そのような故郷がある、いや、いつの時か、そのような故土があるのです。そう確信し夢見ているからです。言い方を変えれば、博士は恋をしているのです、そうじゃありませんか。

リラックさんはパイプを握ったまま、嬉しい悲鳴のような声を出し、腕を振った。パン・マサリク、何という光栄だ、ありがとう！

さらに、マサリクは言った。

オリガ・イヴィンスカヤが言いましたよ。五年後、一九九〇年はパステルナーク生誕一〇〇年なので、五年後に必ず来なさいと。

彼女は言いました。五年わたしは生き延びますよと。ウオッカで乾杯して。

するとリラックさんは、ブラヴォー、と叫んだ。わたしにはかなわない気がするが……しかし、見ようではないか。そう言ってリラックさんは紅茶を底まで飲み干した。リラックさんはアルコールが医師に禁じられていたのだった。最後の夏にお茶で乾杯！

マサリクはリラックさんのもとを辞するとき、もう二度と会うことがないだろうと思いながら、しかし、五年後に会えるだろうとも思い、この矛盾した思いの中に、それとなく、〈ロジンナ・ジェミヤ〉があるかのように思っていた。

この語らいの最後の方で、リラックさんが、この国できみが経験した中で、いちばんいい話を一つだけ聞かせよというので、マサリクはその小さな話を披露した。詩のようにして話した。

2

夏の終わりの旅で森林地方の小さな村に辿り着いた。この村のはずれに製材所があるという。そこに一人の青年がいる、名は忘れたが、たった一人で日本語を勉強している。日向ぼっこをしている老人が言いました。世にも珍しい、美しい人物だ。奇跡だ。つまり変人だ。わたしは言われたとおりに足をひきずって製材所に着いた。木っ端の匂いがたちこめる。機械の音も聞こえない。昼休みだった。すぐにわたしはその美しい若者が分かった。それがアンジェイだった。彼は木材に手をかけたまま挨拶した。わたしと彼は日本語で話した。かれはとても古風で丁寧な日本語を話した。はにかみながら言った。生涯初めてわたくしはあなたと日本語を話しました。わたしはドイツ語の日本語文法書を取り寄せて一人で学んできました。大学は、とわたしは訊いてしまった。不可能です。アダム・ミツキェヴィチ大学へ行きたいと思ったことが、あります。しかし、でも、これでいいのです。わたしのおとぎ話の国のことばで十分です。わたしのこの村で、おとぎ話の国の夢を見ます。わたしはこのような木々と日本語で話す練習をします。昼休みから帰って来た仲間たちが、アンジェイの日本語を聞いて、通じた通じたと言って喜んだ。わたしたちは手を振って別れた。こんな奥深い僻遠の大地の森で、矢車草のような、日本語のことばが咲いていようとは！　夏の終わりだった。小さな奇跡でした。

3

その十月の末、なめし革の半コートを着たマサリクは一人窓辺の椅子に掛け、小さな紙切れに書きとめた。

過去を創り出したのはわたしたちなのだ
そして死も愛も　出会いと別れも

そしてひと年が過ぎ秋が来て
おまえはふたたび同じ空港に立つだろう

来たときは夜霧のバラの花に迎えられ
いま帰るときはただ一人悄然と
空路チューリッヒに向けて飛び立つ

何を学んだのかと雲たちが問うだろう
どうしておまえに答えられるだろう——
その過去にすでに愛と死が
受胎告知されたのだったから

然しのちにいかな道にあろうとも
出会いと別れの耐火性の金庫に
あなたたちはみな生き残るであろうと

17章　ゾシャ再会

1

歳月は過ぎ去った。

その間の諸々について、変転についてここで寄り道するとなれば、巨大な歴史の、あるいは帝国の崩壊の、あるいは個人の運命の別れについて、冥府から帰ってくることはできなくなるだろう。ともかく、多くの歳月が過ぎ去った。別の物語のように。

しかしマサリクはポーランドの最後の夏を忘れたことはなかった。ただ一年のことだったのに。

一九八五年から、もう何年たったのだろう。マサリクはもうとっくに初老だった。彼の大学で世界翻訳文学のシンポジウムが行われた。シンポジウムが終った翌日、ゾシャから電話がかかってきた。マサリクはあいにくシンポジウムには参加できなかった。パネルでゾシャが発表するのはパンフレットで知ってはいたのだったが。そしてマサリクはゾシャと再会した。この年月でおりにふれてアメリカからも日本に来ていれば東京からも電話をもらうことがあったが、それは日本語の声だけだった。この再会は違う。マサリクと同じ歳月はそのうえに過ぎ去った二十年のちのゾシャその人だった。

2

マサリクは彼女に質素な紅茶のもてなしを近くのホテルでしたあと、公園の池でボートに乗った。なぜボートだったのか。マサリク自身、分からなかった。ゾシャが望んだのだったかどうか。彼女はここころなし気持ちが落ち込んでいるらしかったが、それも彼女らしいことだったと思い出された。

マサリクが漕いだ。こんな年で、武骨な櫂を手にするとずっしりと手ごたえがあった。重いね。ぼくも歳になった、とマサリクは言ったつもりだった。

もう初秋だった。時おり櫂を休め、ボートを浮かべたまま、二人で思い出を語り合った。それほど広大な池ではないのに一周するだけでもなぜか気が遠くなるようにさえマサリクは感じた。ここはワルシャワではないのに。湖面には緑陰と空の雲が映っている。マサリクの漕ぎ方だと水に映った雲がちぎれてしまうのだった。

ゾシャはやはり快活でなかった。顔色にも疲れが見えていた。心に気がかりがあるのかも分からない。マサリクは自分のもてなしがあまりにも質素だったからかとも思ったが、そんなことで機嫌が悪くなるようなゾシャではない。ゾシャが鼻の頭に皺をよせぎみにして言った。先生は相変わらずだよね。マサリクはその言い方を知っていた。そのあとで、遠くを見た。他にボートなど漕いでいるカップルはいなかった。二人だけの貸し切りの大きな池だった。

先生、これって分かるかな、と彼女は言って、詩の四行を暗唱した。ボートは小さな入り江のような岸に着いて、緑陰のなか、驚いたことに何をまちがったのか、まだ白いライラックの花房が隠れている。ゾシャのポーランド語がひびいた。先生は、いつだったか、ミウォシュの詩を誤訳していたよね、こんどは分かるかな。マサリクは言った。耳だけでは無理だよ。たちまち短い四行は過ぎ去ってしまった。あとかたもなく耳に残らなかった。もう一度、とマサリクは頼んだ。急に右の櫂が動いた。マサリクは手をかけたまま耳を澄ませた。

分かったかしら。ゾシャは自分で日本語に訳して言った。

雲たちを描くには
とてもとても急がなくちゃだめ
一瞬のかけらのあとにはもう……

同じ雲たちは存在をやめ　別の雲たちに変わり始める。そうなんだよね、とでもいうようにゾシャは、ね、と見つめて、微笑がふっと浮かんでいる。おんなじだ。少しも変わらん。あの同じ含羞、いやツッパリのはにかみ。きみも歳になったんだね、少しだけ色っぽいまなざしじゃあないか、渋い色の髪をかきあげるようにしたので、マサリクは、この一瞬、あ、と思い出した。そうだね、これはシンボルスカだよね、「雲たち《フムルイ》」。そうだったね、読んだよ、読んだ。ええ、シンボルスカだよ。彼女は言った。

ゾシャはひざしよけの帽子をかぶっていた。布地はよれよれでよじれてさえいた。麦色だった。なんだか似ているな。そうマサリクは思った。

この〈一瞬のかけら〉のあとに、マサリクはドロータのことを昨日のことのように、シンボルスカをそらんじてくれたゾシャの前で思い出したのだった。

忘れていたわけではないが、なにかの拍子で、まったく姿を変えてどこかに隠れていたにちがいなかった。

もう五年くらい前になるのか。マサリクには時間の、時系列の正確な意識が欠如していた。いや、五年前だ、夏の終わりだ……。ゾシャが言った。先生、何を思い出したって？

マサリクは言った。そう、ドロータだった。彼女がシンボルスカの詩集『瞬間』を送ってくれたよ。ぼくはたしかに読んだはずだが、いつのまにか消え失せていた。ドロータが送ってくれたんだ。ゾシャは知っているだろう？　何をって、ドロータが北海道にやって来たこと。いや、知らないよ。どうして。どういうこと？

そうか、不思議だね。北海道に立ち寄って、そしてワルシャワに帰ってから、シンボルスカの詩集を送ってくれたんだよ。読めということだったのかな。ゾシャはつらそうな表情になった。ドラはシンボルスカを崇拝していたんだよ。

ゾシャ、ぼくはいま、自分の記憶を確かめている。ドラに奇跡的に再会したその夜は、ぼくは何のお土産もなかったので、ぼくの知り合いの画家の生前最後の回顧展の分厚い図録をひっつかんで、かけつけた。その図録は二〇〇五年の春に刊行されたのは確かだから、ぼくはね、だから、奇跡的に、ドロータには何とまあ、一九八五年夏に別れて以来、二十年ぶりに再会したということだ。まるで晴天の霹靂だよ。

なんだ、ドロータはゾシャに話し忘れていたのか。まあ、きみはアメリカの大学だし、ワルシャワは遠すぎるしね。他にもっと大事な話題があるからね。

湖面にはまだ夏のような雲が映ってゆっくりと動いていた。ゾシャは涙をこらえているのが鼻声で分かった。

先生、とゾシャが赤くなった鼻をかんだ。まるでワルシャワ大の授業中とでもいうようだった。それは、ドラの最後の旅になったんだよ。そう、わたしは聞いたよ。一度は日本を自分の眼で見て旅をしたいって。ゾシャが羨ましいって。わたしなんかはこの調子だからどこにでも出かけていけた。日本だって二度の留学もしたよ。研究でも来日の機会があった。でも、彼女はできなかった。そして結婚した。子供が生まれた。ね、男の子で、わたしの息子と同じ名前、トマシュ。

マサリクにはもう櫂が重すぎた。そうだったのだなあ。きっと、最初で最後の旅になるとどこかで思っていたのか、マサリクはそう思い直した。

ゾシャは言った。先生、ドラとこの一年間、アメリカとワルシャワとのメールのやりとりで、日本文学の大きな本の共訳の仕事をやってきていたんだけれど、とうとうそれが出来なくなった。うん、先生は、何も知らなかったんだ。ドラは、かわいそうに、脳の腫瘍だよ、手術もしたけれど、もう回復は難しいんだよ。翻訳の残りは、それでわたしだけで仕上げたけれど……。これもドラと一緒の最後の仕事になってしまった。ゾシャは怒ったような顔をしかめて、涙がうかんでいるのだった。

マサリクは流れる雲のように後悔がわきあがってくるのをこらえた。そうだったんだ。それじゃ、まるで病の発症を直感したとでもいうように、あのドロータが、あの夏の終わりの豪雨の夜に、この北の大地の小樽港までいきなりのようにたどり着いて、そして、あろうことか、二十年も会わずにいたぼくのことを、どうして思い出してくれたのだろうか。ゾシャは言った。そうだったよ。先生の電話番号はわたしが教えた。

マサリクはボートの櫂に手をかけた。で、ドラは生きているね？　うん。でも、明瞭な意識は困難だと夫が言っていた。でも、生きているんだね。うん、生きている……

新しい翻訳書には、ドラの名前もでるんだよ。謝辞をね、刊行されたら、ドラに見せたいよ。分かるかな。マサリクは言った。分かるさ。きっと間に合うよね。有名な出版社だから大丈夫。クラクフか。ゾシャの声なら、すぐに分かるよ。

ゾシャが腰を浮かせ、先生、こんどはわたしが漕ぐよ、そう言って、ぐらつきながら櫂を交代した。

マサリクは櫂をこぐ彼女を見ながら、生きながらにして、われわれは面影なのだという気持ちを覚えた。

そして、自分が再会したドロータの姿を、声を、陰翳を、ポーズを、彼女の話を、ゾシャに話し出した。

ゾシャは、シンボルスカの詩のつづきの詩句を、歌のように口ずさんで櫂を動かした。

いかな記憶にもとらわれず
雲たちは
事実の上空を
苦も無く流れて行く

エピローグ　最後のドローラ

1

ゾシャと別れてから、あれからもう十数年になるだろうか、とマサリクはいま思っている。バークレー校からボストン大学へ移籍したはずだが、つつがなく生きているのだろうか。ひょっとしたら、母国ポーランドに、ロジンナ・ジェミャなる故郷ワルシャワに帰っているのではあるまいか。そしてたとえば、晩年に、詩人のミウォシュやシンボルスカ、あるいはアンジェイ・ワイダ監督のように、クラクフのどこか郊外の慎ましいダーチャで暮らしているのではないだろうか。マサリクはもうかれこれ傘寿と呼ばれる老境にある。何処ともなく、おお、雲が流れて行く、この心の空にも。

そして、ふと、奇跡とは何か、などと思い当たるのだった。

あのとき、ゾシャは空港に急ぐ時刻だったので、マサリクはドロータとの再会について、その細部を事細かにゾシャに話す時間はなかった。あとで、手紙で書いてね、ともゾシャは言い残さなかった。

ほんとうに、あれは雲の流れ、一瞬の変容の、そのような一瞬の奇跡だったということではないだろうか。ぼくはそのような一瞬の奇跡に出会ったのではないだろうか。

雲たちは自力で空を流れ、旅をするのではない。風があってのことだ。その風の一瞬とその後は人にはとても分からないことだ。

2

少なくとも、二〇〇五年の夏の終わりの夕べに、突然ドロータが天からのようにぼくの前に現れ、ぼくらは再会し、少なくとも二十年ぶりにその歳月を一瞬で飛び越え、現に、眼前に、ドロータはまるで真水のような清らかさで、あのはにかんだような笑顔で、立っていて、乙女の天使ではなく、けれども大人に成熟した天使というわけでもなく、しかし何かが豊穣に実った天使のように、人っ子ひとりいないさびれたフロント脇の小さなエレヴェーターのドアから、泳ぎ出るような優雅さで現れてマサリクによびかけたのだった。そして懐かしい一歩二歩をすすめ、先生、こんばんは、と挨拶した。

さりげなくなめらかな日本語で。それは、あの小部屋のような教室で、黒板の前に立って、日本が戦争中なのに本州最北端の海村の小学校で運動会をやっている、その応援をする家族たちのいる掛け小屋について、その構造について、その配置について、黒板に白いチョークで丁寧に描き、その情景を解き明かして見せたあの、神々しい美しさを、いまもそのままただよわせていて、それでいてなお普通にあたりを際立たせることなく、空気に調和した清澄な、美しい淑《しと》やかさが、少しも褪《あ》せることなく、同じように、マサリクの前に立っているのだった。おお、おお、とぼくは声にならないような声を発した。先生、おどろいたでしょう？　というような抑揚で、まっすぐに見つめるまなざしから聞こえるようだった。

ポーランド語でなら、この一瞬、マサリクは、Cudo!　ツード、奇跡だ、これは奇跡だと叫ぶところだったろう。かれこれもう二十年は過ぎ去った、その二十年が、この最後の夏の夕べの、おそるべき土砂降り雨の、そのいまもまだ降りやまないこの雨脚の滴が狭いロビーの大板ガラスに跳ねてきらきらし、観葉植物の木桶にまでガラス越しに飛沫になって押し入ろうとして、まるで、この夏の終わりの土砂降り雨までがこのようにしてドロータの姿に喝采を送っているようでさえあったではないか。

そして、ふと見ると、ドロータはまた一瞬にして、ワルシャワのどこでも見かけるような初秋にも似た質素なコートのような、ただふつうのさりげなく気品のあるポーランド婦人でさえあったのだった。もっと太っているべき年齢ではあるまいか。二十年前よりはやや太っているにしても、少女のドロータ、いや、あのときすでにこのような姿であったのかも分からないが、彼女はガラス窓の外でアスファルトからはしゃぐように跳ね返す雨脚を見て、先生、わたしの部屋で話しましょうよと言ったのだった。

ああ、本当にそれは家庭的なことだ、家庭的な提案だ、と思ったのちに一瞬、マサリクはこのような旅人向けのビジネスホテルの小部屋の息苦しさを想起したので、そとは土砂降り雨だけれど、さあ、ドロータ、一つ外に駆け出して、さあ、ワルシャワでのように喫茶店でお茶を飲みながら話そう、と言ったのだった。そのとき、もちろんドロータも、"kawiarnia"喫茶店ということばから、あの日々の懐かしい語らいの授業を思い出していたはずだった。テーマは、その都度、死刑廃止について、未来の連帯の政権について、パウロ・ヨハネ教皇について。ソ連ロシアの軛と未来について……。マサリクたちは、小部屋みたいな教室は暗くてうっとうしいので、天気がよければ、しばしば、大学のある新世界通りにならぶ喫茶店授業に変えたものだった。お茶代は安かった。ケーキも安かった。なんといっても時間制限がなかった。とくに贔屓だったのは、古風で大きな喫茶店で、パリのカフェを模したような風情だった。奥に入ると、とくに長い席があって、そこで二列に向き合い、お茶とケーキをとって議論ができた。ウエイターもウエイトレスも気さくで明るく親切だった。客層もさまざまだがそれとなく芸術的だった。というのも近くに美大があるせいだったかもわからない。マサリクにとっては鳥語のようなポーランド語が色とりどり、声とりどりにさえずっていた。そして日本語の母音がひびくさえずりは、マサリクたちの席だけだった。男子学生はそれぞれがどうにも不思議な、オタク的テーマを持っていた。例えば軍事、そして兵器のテーマ。最初マサリクはなぜそのようなテーマを日本学科の学生が関心をもっているのか訝《いぶか》しんだが、じきに飲み込めた。それは戦争のテーマが特化した結果だったにちがいない。いつまたロッシアにやられるか分からないじゃないですか、などと言うのだった。ドロータはモデルのアルバイトが忙しくて、喫茶店授業にはそんなに加わったことはなかったが、出席すると、はじっこに掛けて微笑んでいることが多かった。

こうして一瞬のうちに思い出したか、ドロータが喜んで、賛成です、と言ったので、マサリクは夜勤室から顔を出した若いフロント係に、喫茶店について質問した。はい、もう八時を回って駅周辺はどの店ももうクローズです。オタルは店の閉まるのが早いのです。フロント係は申し訳なさそうに言った。それから、ああ、ほら、むかいの喫茶店だけは、まだやっていますよ。どこですか。ほら、真向かいです。マサリクたちはまだ降りやまない雨の向こうに、灯りをともしている店を見た。よかった、kawiarnia! 先生、行きましょう！　ドロータが言った。

雨は弱くはなっているが、まっすぐに降っている。左手には国道を挟んで、古い菓子箱のような駅舎の広い出入り口に灯りが灯り、濡れたアスファルトと階段に灯りが映っていた。まだまだ上りの列車がある時刻だった。まるでその時刻表のように黒い屋根から雨脚がこぼれていた。右手は坂道なので、港の桟橋や上屋倉庫群の黒々と濡れた闇に海が広がっているはずだった。雨水はこの坂道を溢れるように流れていた。

二人はフロントの脇からビニール傘を拝借して、駆け出した。雨に濡れたドアが応援した。走れ、ドロータ！

ドロータは早かった。先生、急いで！　と彼女が叫んだ。マサリクはなんだか可笑しくてならなかった。こんな年で走るなんて。何ということだろう。これは奇跡なのだ。青天の霹靂《へきれき》、いきなり稲妻のように電話が鳴って、ドロータです、いまオタルです、わたしです、ドロータです、だなんて、ポーランドから、ワルシャワから一飛びで、この最果ての古い港市に来ているとは、一体これは何だ！　そうとも、ぼくはそのわけをこれから聞くだろう。二十年の歳月を乗り越えて。

（ところで、マサリクはどうしても、あの喫茶店の善き名をどうしても思いだせないでいる。というのも、もうあの喫茶店はいつのまにか看板を下ろし、いまは間口が半分になって、洋菓子店になっているからだが、たしか何か花の名、いや、ひょっとしたら〈エンジェル〉だったか……）

それはまさしく、ポーランド語でカヴィアルニャと呼ぶにふさわしい喫茶店だった。二人はビニール傘から雨しずくを払って、敷居をまたいだ。店内は仄暗く奥行きがとてもあった。そして一人として客はいなかった。二人は顔を見合わせた。ドロータは可笑しそうに微笑む。おやおや、というふうに。二人がどこに掛けたものかどうか躊躇《ためら》っていたところへ、橙色のランプがともったカウンターから、声が動いて来て、こんばんは、どうぞどうぞ、と現れた。二人は歩道側の席にかけた。レースの窓カーテンの裾に雨脚がはねているが、雨の音は聞こえなかった。店は九時までですが、どうぞごゆっくり、とたしかにここの店主にちがいない初老の大柄な人物が慇懃《いんぎん》に言い、注文をきいた。マサリクはドロータに合わせて紅茶を頼んだ。ついでにケーキを。しかし、ケーキは大きなアップルパイ一個しか残っていないという答えだった。おお、一個。ドロータが眼で笑った。二人で半分こします。マサリクが店主に言った。ドロータはにっこり笑った。いいわね。店主はさらに眼を輝かせた。音楽が低く流れている。話に邪魔になる響きではなかった。ドロータは横に体をずらした。というのも、二人の掛けたテーブルも、見まわすと他のテーブルもみな、分厚いガラスで覆われたゲーム機だったのだ。やれやれ。それで、脚の長いドロータは、それでなくとも背が高いので、脚がテーブルにつかえて入らない。彼女は横坐りのように両脚を外側に向けるほかなかった。

驚いた、驚いた、奇跡だね、再会できるなんて。というふうにマサリクが言っているところへ、注文のアールグレイの紅茶のポットが二つ運ばれて来た。そして店主は優し気な表情を見せ、重厚な船形のガラスのゲーム機テーブルの上にケーキの皿をおいて立ち去る瞬間に、ふっと、何か言い忘れたとでもいうように、マサリクともドロータにともつかず、問いかけたのだった。どちらから来られたのですかと。もちろん、この問いはドロータについての問いだった。マサリクが答えるまでもなく、ドロータが答えた。ポーランドです。ワルシャワから。すると店主は、おお、ポーランドですか、というような声をあげた。ああ、ポーランド、ワルシャワからでしたか。連帯のヴァウェンサですね。おお。ポーランドから。どうぞごゆっくりなさってください。閉店は九時ですが、お話がすむまで大丈夫ですよ。そう言ってカウンターにゆっくりと戻って行った。二人が入ったとき、ドアの鈴が鳴って、その音で、カウンターにいた店主が何か本を読んでいたのが知れた。

二人は紅茶で乾杯をした。流れていた音楽が止んだ。するとどうだろう、なんという心遣いだったろうか、こんどはショパンの曲が低く低く流れだしたのだった。店主が仄暗さの奥の棚にびっしり並んでいるLPレコードをかけてくれたということが分かった。影絵になって店主がこちらを見た。オタル人らしい気遣いだな、そういう人情だ、とマサリクは思った。ドロータも気が付いたのだ。ショパンが流れだしたとき、ドロータの表情の陰翳も、微笑も憂愁も、そして美しい姿勢も、その清らかさも、ポーランドそのものの現れのように、マサリクには感じ取れた。

アールグレイの紅茶のポットの下に茶葉がえんじ色に沈み、二つの皿に半分に切り分けられたアップルパイがいかにも神秘的に慎み深く鎮座し、その前にドロータの手と指の美しさがあった。このときマサリクは、古代から言われる、真善美、ということばについて、おおげさとも思わず、すべてが氷解して分かったように思った。一体いつの間に、この二十年の時間のあいだにドロータの内部ではぐくまれたすべてが、黙って、静かに流れでているとでもいうようだった。その美は、あの少女期の神々しいくらいの美しさではなく、ごくふつうにどこにでもあるような、たとえば草の花の装いにもあるような美だった。もしアジア的に言えば、そこはかとなく日本の仏像の、そうだあの少年のようなお像の静かさを思い出させたのだった。

いったいマサリクには何が話せただろう。彼は聞き手に回った。彼は質問をたくさんしたかったが、それは余計なことだった。ここに、いま、このように、ドロータがいるという奇跡の前には、ほとんどの質問は無意味だったろう。それはすべて現実の人生のよしなしごとにさえ思われたからだった。一瞬は、現実性を無化するだろう。現実の重力は、はるか眼下にあるのだ。特別にことばがいらなくても心が通じると言うような空気なのだ。心の風景の手触りだった。遠慮も忖度もなにもいらない。

ドロータの話はとても断片的だった。どうしてこのホッカイドウの大きな島の港市まで来たのか。ドロータは通訳として、ワルシャワの青少年美術企画の、ポーランドのこどもたちの絵画展の移動展で日本に来たのだった。ええ、初めは九州、それから四国、そのあとは神戸、それから長野、金沢、そして最後が新潟。

ひと夏ですよ。ああ、そうだったか、ぼくはまた美術館のキュレーターかと思った。通訳です。ええ、どうしても一度日本に来たかった。夢だった。ゾシャたちだってみんな留学したわ。でも、わたしはこんな年になってやっと実現した。でも、ひと夏の大旅行だから、息子が、まだ小さなトマシュがね、ママ、行かないでと言って駄々をこねた。その理由はね。ママ、ヤポニャは火山と地震のくにだから、あぶないよ、ですって。そう言ってね。ええ、息子の面倒は夫にまかせてね。そしてわたしはこのひと夏、旅をして来て、そう、先生、旅の終わりに、北海道、先生が住んでいる島に、サッポロに寄って、一日お会いしたいと思った。わたしたちはニイガタで最後の巡回展を終えた。そして後は帰国まで、ええ、ニイガタから空路でハバロフスクへ、ハバロフスクからモスクワへ、それからワルシャワまで。だから、わたしはニイガタからフェリーに乗ってオタルに着いて、すぐに先生にお電話し、そして、いまこのように再会が成就したのです！　先生、これは奇跡でしょ？　マサリクは胸が締め付けられるように思った。そうだ、奇跡だ、とマサリクは小さくポーランド語で言った。そうだ、ドロータはぼくのことを覚えていてくれたのだ、忘れないでいてくれたのだ、旅の終わりに残しておいたのか。ニイガタで旅の疲れをいやすこともできたことなのに。マサリクは思った。そうだな、真善美のうちの一つ、真と言うのは、ギリシャ語で何というかは知らないが、その意味は、真心《まごころ》ということではないか。マサリクはそう聞きながら思った。サッポロまで行く余裕はなかった。でも、電話が通じて、それだって奇跡でしょ？　しかもポーランドの夏の雷雨にも負けないくらいの、この雷雨の夕べに、先生は矢のように飛んできてくださった！

マサリクは矢継ぎ早に、いろいろな質問をしたかったが、ことばにならなかった。ご両親は健在だろうか、画家の父ヴァルデマルの仕事はどうなっただろうか。夫の仕事は順調だろうか。二十年の人生について、その苦労について、ここで、このような異邦の夜の孤独な喫茶店で、聞いたところで、きっと悲しみが増えるだけだろう。ポーランドの政治経済状況についてなら、なおさらだった。マサリクはもっとたくさんの断片を夢のように耳に聞いていたのだった。うん、うん。そうだね。そうだとも。時として、日本語に疲れたのか、ドロータはポーランド語になることがあった。いや、ドロータは美しいポーランド語の響きをぼくに思い出させようと思っていたのだ。

たちまちマサリクはワルシャワの日々に引き戻される気がした。その馨しい響きは、夏の終わり、あるいは初秋の公園のベンチでの語らいの声のようだった。マサリクは夏が終わって、秋の清澄な空気のとばりがあがったような感覚を覚えた。

ねえ、覚えているかなあ、ドロータ、とマサリクは言った。〈黒いのという海〉の、作文を。ええ、先生、忘れるものですか。はずかしいくらいの日本語。〈黒いのという海の〉、あのころは形容詞も分かっていなかったんですよ。で、最近は、黒海で夏を過ごすの？　ええ、でも、生活が苦しいわ。だれもが苦しい。そうか、それじゃ、この移動展覧会が、きみの避暑旅行だったんだね。ええ。ええ。

しかし、どうしてまた、よりによって、ニイガタから一晩かけて往復切符を買って、ここまで、普通は来ないよ。マサリクはこれを訊くわけにはいかなかった。そうか、これは、真善美の、あの善ということではないのか。この無償の行為が、善ということなのだ。ドロータはマサリクをまっすぐに見つめた。土台ポーランド人はしっかりと眼を見つめて話すのだ。マサリクはそれを受け止めなくてはならなかった。

先生、明日はまたオタルからフェリーでニイガタです。そして一行と合流します。そうだね、ドロータ、こんな一コマの授業時間にも満たない再会のために、ドロータ、きみはやって来てくれたんだね。ほんとうにありがとう。

もちろん、もう九時はとっくに回っていた。店主はこちらに背を向けて読書を続けていた。しかしもう時間だった。ちょうど列車が発車する時のような感情が、歳月のゆえにこみあげ、そしてそっとおさえられた。マサリクは思った。このように清純なままのドロータよ、きみはまた一晩の疲れる船旅で日本海を渡るのだね。おお、きみはこうしてぼくをたずねてやってきてくれた。ぼくはきみにどんなよろこびを与えたことがあっただろうか。いや、ぼくはただ最初から、きみのうちに、真善美の、他の人々にはない、真善美の円を直感していたように、いま思うのだよ。あたかも、このぼくを助けにきてくれた炎の天使ではないのか。

そして二人は喫茶店を出た。誰かが見たら絵の中の二人に見えただろう。

雨はやっと小降りになっていた。ビニール傘はさげたままにした。車の走行もぱたりと途絶え、駅前だけがぼうと明るく煙っている。なあに、これがワルシャワ市中であってもいいことだ、とマサリクは思った。ひょっとしたら、ドロータに会うのはこれが最後になるとマサリクは思った。生きて会う最後になるのではないかと思った。あまりにもポーランドの大地は遠いのだから。歳月に比べても、余りにも遥かな国なのだから。ただひと年、あの小さな教室で教鞭をとったという縁によって、ぼくはいま、二十年も過ぎ去ったというのに、このような再会の贈り物をもらった。与えてくれたのはこのさりげない美しさをたたえたドロータなのだ。その心映えなのだ。神が与えてくれたのではない。人が与えてくれたのだ。生きているからこそ。

二人は歩行者用の白線の入った濡れた車道を渡り終えた。二人はフロントに声を掛けた。ドロータはマサリクに、待っていてください、先生、と言い残し、エレヴェーターに乗り、また大急ぎで帰って来た。そしてマサリクの掌に、ちいさな紙にくるんだものをのせた。先生、ワルシャワからもってきたお土産の最後の一つ、残しておきました。小さなお土産、愛らしい奥様に、とドロータはかがみこむようにして言い添えた。

マサリクはお礼を言い、その包み紙を開けた。それは小さなブローチだった。それはグダニスクの琥珀のブローチだった。

ふたたび時雨のようにザァーと雨が来た。飛び出してホテルの脇の駐車スペースにとめておいた車から、渡し忘れていた回顧展の部厚い図録をもって引き返し、観葉植物の木桶のそばにまだ立っていてくれたドロータに手渡した。重いけれども、きみの父上に。そして二人は別れた。

……………………

マサリクの車はやっとハリウスの峠越えになって、左手に黒々とした海原を見て、疾走した。もう生あるうちに二度とドロータに会うことはないだろう、とマサリクは思いながら、アクセルを踏み、速度をあげ、越えよ、越えよ、と声を出して、アクセルを踏み込んでいた。右手の拳を振りさえしていた。アクセルを強く踏み込むつどに、いま別れを告げて来たドロータの笑顔が思い浮かんだ。何という奇跡だろう。そして、ドロータという名から、初めてのように、〈ドロテーア〉という名を思い出した。

薔薇の花と石とが一つにむすばれるとき
そしてその上で樫の木がゆれはじめるとき

〈了〉

作者あとがき

四十年も過去の、むかしの夢幻《ゆめまぼろし》を、ようやく今ごろになって、新しい物語として甦生させることが出来た。これもまた小さな歴史である。それだけの時間が流れ去った。そのむかし、ポーランドから帰国したあと、高揚して連作短篇を発表したことがあったが、小説的な要素が気に染まなかったのでぜんぶ捨て去った。それから迅速に歳月が経った。それでもポーランドの愛惜は心に大切にしまわれていたのだ。

そしてこの春に書き出し、過去の思い出の中に、その細部に分け入ってみるにつけ、ずいぶん多くの発見があった。歳月がそうさせたのだ。あまりにも多くの出来事や挿話があって、それらを到底ぜんぶ拾い上げるわけにはいかなかった。ぼくは何かこう音楽的なポーランド頌歌を思っていた。できればこの物語から、音楽の旋律に似た美しさが、ポーランド語のことばからの感覚が、それとなく日本語で聞こえてくるようなことを思った。ロシアのそれとも異なる西スラブの感触といったものだ。

しかし物語にもそれなりの重い主題がある。それはおそらくいつの時代であれ、愛と死ということになろうか。ぼくにはこの頌歌においてその主題を十分に歌いあげる力が不足だった。それでも、ロシアの詩人パステルナーク、ポーランドのロマン派の詩人ユリウシュ・スウォヴァツキ、ポーランド二十世紀の詩人チェスワフ・ミウォシュ、ヴィスワヴァ・シンボルスカなどの詩のことばに頼りながら、自分にできる限りの考えを探し求めた。

そしてあとは在ったことの思い出しと新たな解釈だけだった。言うまでもなく、ここに登場した人物はみな実在し、そしてその多くはもうこの世の人ではないにしても、そのような出会いと別れのプロトタイプを、物語においてだけありうるように永遠化したかった。今生きているぼくがこのように書くことで、しばしではあっても、愛おしい彼らはこの世に生きるというように。そして今を生きている読者と幸運にも出会うことがあれば、彼らにとって死はない。愛のみがある。

そうだろう、この物語は頌歌でありまた鎮魂歌でもあるだろう。実在の登場人物のそれぞれの名も、物語の性質上、実名からそれなりの変成がなされたことをお許しいただきたいと思う。さなくば、たんなる紀行と読み間違えられるだろう。そう、これは現実のおとぎ話なのだ。それをぼくにゆるしてくれるであろう登場人物のみなさんに心から謝辞を申し上げたい。

二十世紀世紀末、この二十年代の危機的人間情況にあって、このようなおとぎ話を送り出すことになったが、ぼくとしては、あのポーランドの苦しかった年どしの情況を生きた人々の暮らしを思うにつけ、そこには尽きない愛の確信が秘められていたように思う。ぼくはそれをこそ再現したかったように思うのである。

二〇二二年七月の終わりに

くどう まさひろ

1943年青森県黒石生まれ。北海道大学露文科卒。東京外国語大学大学院スラブ系言語修士課程修了。現在北海道大学名誉教授。ロシア文学者・詩人・物語作者。

『ＴＳＵＧＡＲＵ』『ロシアの恋』『片歌紀行』『永遠と軛　ボリース・パステルナーク評伝詩集』『アリョーシャ年代記　春の夕べ』『いのちの谷間　アリョーシャ年代記２』『雲のかたみに　アリョーシャ年代記３』『郷愁　みちのくの西行』『西行抄　恣撰評釈72首』『1187年の西行　旅の終わりに』『チェーホフの山』（第75回毎日出版文化賞特別賞）『〈降誕祭の星〉作戦』等、訳書にパステルナーク抒情詩集全7冊、7冊40年にわたる訳業を1冊にまとめた『パステルナーク全抒情詩集』、『ユリウシュ・スウォヴァツキ詩抄』、フレーブニコフ『シャーマンとヴィーナス』、アフマートワ『夕べ』（短歌訳）、チェーホフ『中二階のある家』、ピリニャーク『機械と狼』（川端香男里との共訳）、ロープシン『蒼ざめた馬　漆黒の馬』、パステルナーク『リュヴェルスの少女時代』『物語』『ドクトル・ジヴァゴ』など多数。

POLANDIA
albo Marzenie o Polskie
ポーランディア
最後の夏に
dla ostatniego lata

2022年8月30日初版印刷
2022年9月15日初版発行

著者　工藤正廣
発行者　飯島徹
発行所　未知谷
東京都千代田区神田猿楽町 2 丁目 5-9　〒 101-0064
Tel. 03-5281-3751 / Fax. 03-5281-3752
［振替］ 00130-4-653627

組版　柏木薫
印刷所　モリモト印刷
製本所　牧製本

Publisher Michitani Co. Ltd., Tokyo
Printed in Japan
ISBN 978-4-89642-669-4　C0093